Eu Sou

Eu Sou

ALDIVAN TORRES

Canary Of Joy

Contents

1

"Eu Sou"

Aldivan Teixeira Torres

Eu Sou

Autor: Aldivan Teixeira Torres
©2018-Aldivan Teixeira Torres
Todos os direitos reservados

Aldivan Teixeira Torres é um escritor consolidado em vários gêneros. Até o momento tem títulos publicados em nove línguas. Desde cedo, sempre foi um amante da arte da escrita tendo consolidado uma carreira profissional a partir do segundo semestre de 2013. Espera com seus escritos contribuir para a cultura Pernambucana e Brasileira, despertando o prazer de ler naqueles que ainda não tenham o hábito. Sua missão é conquistar o coração de cada um dos seus leitores. Além da literatura, seus gostos principais são a música, as viagens, os amigos, a família e o próprio prazer de viver. "Pela literatura, igualdade, fraternidade, justiça, dignidade e honra do ser humano sempre" é o seu lema.

Dedicatória

Dedico esta obra a todos os espíritos elevados e guerreiros que tiveram coragem de enfrentar os ditames sociais e propagar suas crenças e visões de mundo. Em especial a todos os estigmatizados pela sociedade que são constantemente pré-julgados. A estes eu tenho um recado: "Eu sou" acredita em vocês.

Agradecimentos

Primeiramente, ao meu bom Deus que me considera filho. A meus parentes e familiares, que estão sempre presentes nos momentos bons e ruins. A meus amigos, colegas de trabalho, conhecido, vizinhos e todos que fizeram parte da minha vida. A meus leitores que sempre estão me prestigiando. Enfim, agradeço a todos que acreditam na literatura brasileira.

"Jesus dizia então aos judeus que acreditaram nele: Se permanecerdes em minha palavra, sereis meus verdadeiros discípulos e conhecereis a verdade e a verdade vos libertará. Responderam-lhe: Nós somos da descendência de Abraão e nunca fomos escravos de ninguém; como dizes tu "sereis livres"? Jesus replicou: Em verdade vos digo que todo aquele que comete pecado é escravo do pecado. O escravo não fica para sempre na casa; O filho, porém, permanece para sempre. Se, pois, o filho vos libertar, sereis verdadeiramente livres. Sei que sois da descendência de Abraão, mas procurais matar-me porque minha palavra não penetra em vós. Eu falo do que vi junto do meu pai e vós fazeis o que ouvis de vosso pai. Responderam-lhe: Nosso pai é Abraão. Jesus lhes disse: Se fôsseis filho de Abraão, faríeis as obras de Abraão. Agora, porém, procurais matar-me, a mim que vos

tenho falado a verdade que ouvi de Deus; Isto, Abraão não fez. Vos fazeis a obra de vosso pai. Retrucaram-lhe: Nós não nascemos da fornicação; Temos um só pai que é Deus. Jesus lhes disse: Se Deus fosse vosso pai, certamente me amaríeis, pois eu saí de Deus e dele venho; Não vim de mim mesmo, mas ele me enviou. Por que não entendeis minha linguagem? Porque não podeis ouvir minha palavra. Vos sois do Diabo que é vosso pai e quereis satisfazer os desejos de vosso pai. Ele foi homicida desde o início e não persistiu na verdade porque a verdade não está nele; ao falar mentiras, fala do que lhe é próprio, pois é mentiroso e pai da mentira. Eu, porém, que digo a verdade, não acreditais em mim. Quem dentre vós me acusa de pecado? Se digo a verdade, por que não acreditais em mim? Quem é de Deus, ouve as palavras de Deus. Vos não escutais porque não sois de Deus. Os judeus retrucaram: Porventura não falamos bem ao dizer que és samaritano e que tens um demônio? Jesus replicou: Eu não tenho demônio, mas glorifico meu pai e vos me desonrais. Eu não procuro minha glória; há quem a procure e julgue. Em verdade, em verdade vos digo, se alguém observar minha palavra, não verá a morte jamais. Os judeus então disseram: Agora sabemos que tens um demônio, Abraão morreu e também os profetas; E tu dizes: Se alguém guardar minha palavra, não degustará a morte jamais. Por acaso, tu és maior que nosso pai Abraão que morreu? E dos profetas que morreram? Quem pretende ser? Jesus respondeu: Se eu me glorifico a mim mesmo, minha glória nada vale; Quem me glorifica é meu pai que vós dizeis que é vosso Deus e a quem não conheceis; Eu, porém, o conheço. Se eu disser que não conheço, sou igual a vós, mentiroso. Mas eu o conheço e guardo sua palavra. Vosso pai Abraão exultou por ver meu dia; viu-o e se alegrou. Então os judeus lhe disseram: Não tens ainda cinquenta anos e viste Abraão? "Jesus lhes disse: Em verdade, em verdade vos digo, antes que Abraão existisse, eu sou". (João 8,31-58)

Introdução

"Eu sou" apresenta-se como um desafio, uma ousadia frente a uma sociedade por muitas vezes retrógada e tradicional. O primeiro grande pensador a enfrentar este paradigma foi um judeu chamado Jesus Cristo há cerca de dois milênios atrás. Ao declarar-se filho de Deus e afirmar ser "eu sou" ele quebrou com as estruturas então vigentes. Inspirado por este exemplo, este livro traz um grito de liberdade que todo ser humano tem que experimentar. Não somos o que os outros dizem nem somos muitas vezes o personagem que criamos. Devemos ser nós mesmos com a verdade nua e crua. Seguindo isto à risca, despertaremos o nosso "Eu sou" verdadeiro e isto nos libertará definitivamente de nossos próprios medos.

"Eu sou" também coloca em contradição as regras, as falsas morais, os preconceitos, a intolerância e o orgulho. Somente quando encontramos o nosso eixo principal é que definimos as nossas prioridades e a melhor forma de alcançá-las. O livro traz questionamentos pertinentes em relação aos fatores correlacionados e inter-relacionados.

Enfim, "Eu sou" é uma obra prima que deve ser lida à luz da sociedade atual e se nos colocarmos na linha da trama resolveremos nossos próprios desencontros e descobriremos que não há maior felicidade do mundo do que estar com amigos, com seus mestres, com sua crença e com seu Deus.Com eles somos mais fortes e nos transformamos em advogados, disseminadores e protetores das coisas do bem. Faça isso. Seja apóstolo da boa vontade, da verdade, do pai e pratique o amor sempre. Um abraço e boa leitura.

Sumário

Psicografia

Era o dia 01/01/2015, uma madrugada agitada, escura, sombria e tempestuosa a despeito de iniciar o ano novo, em algum lugar do sertão de Pernambuco onde descansa numa cama Box recém comprada o glamoroso vidente, o antigo sonhador que venceu a gruta do desespero e seu fogo.

Entre pesadelos conflitantes que o fazem acordar várias vezes durante a noite, ele debate-se incansável em busca de sinais que possibilitassem uma esperança maior de concretização dos seus sonhos mais profundos. No entanto, nada parecia prometedor.

Exatamente às 03:00 Horas da manhã acorda do último sono da noite, levanta-se de sua cama e aproxima-se de sua escrivaninha onde estão seu notebook, sua impressora, livros, o fio que conecta à internet, formulários e outros papéis burocráticos.

Senta-se na sua cadeira, abre a segunda gaveta, retirando de lá um papel e caneta. O espírito de Javé o agita e ele então começa a psicografar.

"Aproxima-se uma nova era e neste novo tempo, quero te dar, meu filho, toda honra, glória e sucesso merecido. Eu ajo assim porque você é o único na terra a me compreender, a me escutar e a ser completamente obediente. Portanto, Eu sou lhe diz: Pega tua mochila, teu cajado, tua cruz e siga-me. Não te importes com o que deixar para trás nem com o que acontecerá depois pois tudo já está planejado desde o início dos tempos. Eu quero através de você tocar o coração das pessoas, fazê-las refletir e quem sabe tomar um novo rumo nas suas atribuladas vidas. Eu sou, mais uma vez, pretende buscar os pecadores pois como diz o ditado: Quem necessita de médico é quem está doente. Aqueles que acreditarem, prometo a vida eterna e um lugar especial em nosso reino. Aos que o rejeitarem, estes terão seu nome retirado do livro da vida pois quem não reconhece o filho a quem veem, muito menos reconhecerão o pai a quem não veem. Estes últimos não valem a poeira dos seus pés. Não temais, estarei todo o tempo contigo o dirigindo interiormente. Entre nós não há segredos e minha graça o sustenta. Procure um sinal."

O vidente para de escrever. Pega o papel, o relê e fica preocupado. O que estaria por acontecer? A cada momento que se passava ficava cada vez mais interessante a roda gigante em que se transformara sua vida. Já reunira as forças opostas, entendera profundamente a sua noite escura da alma, revisitara o passado, decifrara o código de Deus e agora estava diante de mais indagações.

O cansaço bate forte e ele resolve deitar novamente. Tinha certeza que não iria dormir, mas pelo menos descansaria seu esqueleto fatigado. E assim faz: guarda o papel na gaveta da escrivaninha, levanta-se da cadeira e com mais quatro passos despenca na cama. Agora era só esperar o amanhecer para que tomasse as devidas providências.

Enquanto isto não ocorre, aproveita para refletir interiormente sobre si mesmo, sua missão e respectivos desafios, seus círculos sociais e suas respectivas necessidades, seus compromissos, a labuta diária e tentar prever as nuances do destino cada vez mais surpreendente. Mas o mais importante era que tudo permanecia em paz e no ritmo esperado. Sua estrela em breve iria brilhar.

Com isso o tempo avança. Quando o relógio de seu quarto bate exatamente 05:00 Horas, ele levanta-se de um pulo, veste-se, grita de felicidade pois era feriado, aproxima-se de sua estante, puxa o fio do rádio e o liga à tomada. Na prateleira da mesma, escolhe um dos seus CDs favoritos e o coloca para tocar. Ouve umas três músicas, tira a roupa, pega xampu, sabonete, escova, creme dental e de barbear, barbeador, a toalha vestindo seu corpo carente, magro e transpirando. Saindo do quarto, passa pelas duas salas e ao fim do corredor entra no banheiro. Ao fechar a porta atrás de si, tira a toalha, coloca os objetos de uso pessoal na pia e começa os procedimentos necessários.

Com delicadeza, joga um pouco de água no rosto usando o creme a seguir. Neste momento, tem a oportunidade de analisar seu aspecto exterior. Estava com o rosto cheio de orelhas e calos frutos do constante debater da face no travesseiro durante a travessia da noite anterior. Como era vaidoso, o mesmo inicia imediatamente o tratar da barba tendo como objetivo sentir-se novo o quanto antes. Neste exercício, os pelos são aparados, a pele vai ficando macia apesar de algumas escoriações provocadas pela falta de atenção. Ainda bem que não tinham sido graves.

Ao término, encaminha-se para debaixo do chuveiro, o abre e o contato com a água fria desperta seus mais interiores sentidos. Tudo estava se encaixando na sua vida deixando a cada momento sua trajetória ainda mais interessante. Embora não estivesse realizado ainda, sentia-se plenamente confiante e capaz de mais uma vez vencer. Estava disposto a ir fundo em busca do sinal mencionado pelo seu pai na mensagem psicografada há pouco. Mesmo que não tivesse ideia de por onde começar.

O vidente fecha o chuveiro. Ensaboa seu corpo nos mínimos detalhes particulares e o enxágua mais uma vez. Com o descamar da pele, agora ficava mais fácil para retirar completamente as impurezas corporais, espirituais e psicológicas que vez ou outra o afligia. Ele aproveita e esforça-se completamente na limpeza deixando outros pensamentos em segundo plano.

Em quinze minutos entre o uso do xampu e sabonete e mais água fria conclui o banho. Volta para pia onde escova seus dentes brancos tornando-os brilhantes. Agora estava pronto para um dia livre e quem sabe interessante em sua vida quase monótona. Sentindo-se confiante, pega a toalha, enxuga-se, veste-a, sai do banheiro e utilizando o mesmo trajeto anterior retorna ao seu quarto. Neste instante, todos da casa já se encontram acordados e ele educadamente deseja bom dia aos que encontra e é prontamente correspondido apesar de não ser o habitual.

No quarto, veste uma roupa simples, mas limpa. Então se dirige à cozinha que ficava após o corredor. Passando pelos mesmos ambientes anteriores, chega ao local, aproxima-se da mesa e senta-se numa das cadeiras disponíveis ao redor dela. No momento, sente o aroma do café e o cheiro dos ovos estrelados que estão sendo preparados pela sua gentil irmã. Os outros também vão chegando deixando o local mais divertido e movimentado com as contradições normais de qualquer família.

O café é então servido e é composto de pão com ovos, bolo e bolacha. Enquanto se alimentam, surge uma conversa relacionada a fatos cotidianos, notícias regionais, problemas familiares, esporte, política, religião e relacionamento com cada um tendo oportunidade de explanar sua opinião. Tudo é bem aprazível.

Ao término do café, o vidente despede-se e então retorna ao seu quarto. Lá, começa a arrumar sua mochila e inclui nela apenas os objetos de primeira necessidade. Seu objetivo era sair e começar a procurar o sinal citado pelo seu pai. Com tudo pronto, sai do quarto, passa pela sala, dá um último aviso e ultrapassa a porta de saída. Iria seguir sua intuição.

Já fora, encaminha-se no sentindo leste, local de uma visão peculiar. No caminho, encontra duas pessoas, as cumprimenta e segue em frente pois não tinha tempo a perder. O desafio o chamava a uma decisão.

Em cinco minutos, já chega ao campo anexo à escola do seu povoado. Caminha um pouco ao redor dele e em dado momento tudo parece mudar: O chão vibra, o céu escurece e o tormento de uma sombra negra se aproxima. Era igual ao sonho que tivera há anos atrás. De dentro da sombra, saem três homens que se aproximam. Com sua lábia enganadora, prendem o vidente forçosamente de um lado e de outro e junto com ele aproximam-se do interior da sombra. Cada vez mais próximo, o filho de Deus percebe que seria sua perdição entrar na sombra e então debate-se tentando se libertar.

No entanto, seus esforços revelam-se inúteis pois estava em desvantagem, três contra um. Sem saída, o jeito foi pedir auxílio a seu pai através da seguinte oração batizada de "Prece da libertação:

"Eu vos invoco, ó Deus dos exércitos, para que me socorra neste tempo de angústia. Eis que poderosos malfeitores se apossaram da minha alma e de meu corpo tentando levar-me á perdição. Estou sem saída. Por isto, eu te peço, meu pai, socorre-me, mostra seu poder e afasta todos os malfeitores. Eu vos peço pelo seu plano, pela sua bondade e pelo seu amor inesgotável. Livra-me e liberta-me para que eu possa engrandecer vosso nome diante da assembleia. Que assim seja."

Mal terminou de pronunciar a oração, a situação mudou completamente: Uma grande luz aproximou-se, colocou-se diante dos homens e de dentro saíram dois anjos fortes. Tratava-se de Uriel e Rafael, velhos conhecidos seus. Eles pegaram os homens e com uma agilidade espetacular os lançaram de volta à sombra. Após, sopraram um vento forte que os lançou no Sheol, o grande abismo. Pronto! Agora o vidente estava a salvo.

Como por encantamento, Renato também chega ao local formando o quarteto fantástico da aventura anterior. Após os cumprimentos normais, eles começam a conversar entre si.

"Que bom que vocês estão aqui, meus amigos, muito prazer em revê-los" Disse o vidente.

"Estamos aqui por vontade do seu pai. Agradeça a ele-Respondeu Rafael.

"O prazer também é nosso. (Uriel)

"Estou muito feliz, parceiro. (Renato)

"Como chegou aqui, Renato? (O vidente)

"A guardiã me deu as suas coordenadas. Ressaltou a importância astral deste momento. É como se fosse um recomeço de tudo que foi construído até aqui" explicou ele.

"Caramba! Primeiro a carta de meu pai e agora a presença de todos você aqui. Seria uma nova aventura, Rafael? (Divinha)

"Exatamente. Viemos auxiliá-lo na continuidade de sua obra. (Rafael)

"Qual o primeiro passo? (O vidente)

"Cabe a você decidir. Somente assim encontrará as respostas. (Uriel)

A resposta de Uriel era razoável. Como ser humano, tinha livre escolha para decidir o melhor caminho e intuitivamente sabia que seria a escolha certa. O seu pai era maravilhoso e explicitava-se através de sua pessoa e isto até os anjos reconheciam. Em uma análise breve, toma uma decisão e comunica a seus amigos:

"Está bem. Eu decidi. A experiência em Sodorra mostrou-me o sentido da minha verdadeira missão: Eu procuro os pecadores e sua libertação das trevas. Quero trazê-los para o meu reino onde terão paz, abundância, justiça, felicidade se me aceitarem como rei e irmão. "Eu sou" vos convida para uma viagem.

"Eu estou à sua disposição. Desde a primeira vez, sou seu braço-direito e esquerdo para toda obra. (Renato)

"Eu o acompanharei e o protegerei de todo mal. (Uriel)

"Eu serei seu conselheiro para todas as horas. (Rafael)

"Obrigado a todos. Sigam-me. (O vidente)

Dito isto, o comboio partiu. A próxima parada seria a casa do vidente, onde iriam buscar comida, roupa e dinheiro para as despesas da viagem. O destino estava lançado.

No caminho, tem a oportunidade de conversar um pouco e admirar o alvorecer do novo ano no povoado. A terra de Aldivan e Renato era um local tranquilo e prazeroso de viver, cheio de pessoas aculturadas, simpáticas e acolhedoras. Este recomeço de vida deles prometia.

Arcoverde

Um pouco depois, o grupo chega ao destino. Com o auxílio do vidente, as malas são feitas e então eles reúnem-se e partem para o primeiro destino. Passam pelo centro do povoado, pegam a pista principal e cem metros depois já se encontram à beira da pista BR 232.Esperam um pouco conversando animadamente sobre os planos da viagem.

Vinte minutos depois, a autolotação passa, eles embarcam e então se inicia um percurso de vinte quilômetros rumo a capital do sertão, a bela, a querida e importante Arcoverde.

Dentro do carro, uma Kombi cor cinza negro com 15 lugares, eles tentam manter-se ocupados, seja puxando conversa com outros passageiros, escutando música ou ainda se deliciando com as encantadoras paisagens provincianas típicas do interior do nordeste brasileiro. Sem dúvida, um dos lugares mais bonitos do mundo.

Com uma velocidade moderada, cumprem o trajeto em vinte minutos, descem no ponto da minutos, descem a passagem e seguem o passeio a pé nas avenidas principais da cidade.

Auxiliado pelos anjos, a primeira parada escolhida é a catedral do livramento. Sobem as escadarias, entram no vão principal e ajoelham-se perante o altar sacrossanto. Há outras pessoas ao redor, mas cada qual tem a liberdade de fazer sua oração interior numa comunhão perfeita e individual com o criador.

Ao finalizarem as orações, algo desperta a atenção dos integrantes do grupo: Uma jovem loira,1,75 m de altura, faces rosada, pernas e braços grossos, corpo esbelto, trajando um macacão cor de rosa que não parava de chorar. Eles resolvem se aproximar e abordar a infeliz criatura:

"Em que posso ajudar, Senhorita? Algum problema? (O vidente)

"Não. Nada que lhe diga respeito. (Jovem)

"Não fale assim com ele. Ele só quer ajudar. (Rafael)

"Desculpem-me. É que não entendo o interesse repentino de estranhos em minha pessoa. (Jovem)

"Eu entendo. Qual é o seu nome? (O vidente)

"Rafaela Ferreira. E o de vocês?

"Eu me Chamo Rafael Potester.

"Meu nome é Uriel Ikiriri.

"Chamo-me Renato.

"Eu sou o Aldivan Teixeira Tôrres, também conhecido como filho de Deus, Divinha ou vidente. Quero dizer para você que, independentemente do que esteja passando, para tudo há uma solução. Basta você ter mais confiança em si mesmo, no pai e em mim. Estou aqui para ajudá-la.

Rafaela fica pasma. Quem era aquele louco que se julgava o filho de Deus? Em sua mente perturbada, nada nem ninguém poderia ajudá-la e seu destino era a perdição ou a primeira ponte que encontrasse para se jogar. Aquelas palavras apesar de tocá-la não significavam nada diante de sua dor particular. Resolve então mostrar-se firme e dura.

"Está brincando! Você quer que eu acredite que és divino? Não me faça perder meu tempo.

"Sério? Você não me parece aquela menina que brincava de boneca e se escondia na sacristia da Igreja com seus amigos. Naquela época sua ingenuidade e sua fé eram espelho para as outras pessoas. Agora, no entanto, percebo a escuridão de sua alma e me sinto consternado. Não quer minha ajuda? Depois não vá se arrepender quando tudo estiver perdido "Disse emocionado o filho de Deus.

"Eu recomendo sinceramente que o escute. Depois que o conheci, minha vida se transformou de tal maneira que não consigo mais viver sem ele. Ele tem palavras de vida. (Renato)

"Aldivan é um ser extraordinário. Nenhum poder, símbolo, entidade ou denominação é mais forte do que seu amor para com as pessoas. Escute-o sempre. (Rafael)

"Eu não vivo sem ele. (Uriel)

Rafaela ficou sem palavras. Era realmente incrível apesar de sua fé e crença não a permitirem acreditar em milagres. Os cinco ali na Igreja diante do altíssimo, os seus problemas que não paravam de martelar sua cabeça, a promessa de um estranho que se denominava o filho de Deus e que sabia do seu passado. O que estava acontecendo? Seria um complô do destino para afundá-la ainda mais na sua desgraça? Ou quem sabe seria sua salvação? Esta última hipótese tinha menor probabilidade em sua mente.

Após uma análise rápida da situação, decide testá-los e ver aonde toda esta loucura iria parar.

"Está bem. Eu permito que vocês me ajudem. Qual é o primeiro passo?

"Vamos sair daqui. Lá fora, explico melhor. (O vidente)

Todos obedecem ao chefe da equipe. Ao sair da matriz do livramento, seguem alguns metros em direção ao sul e depois dobram a direita na avenida principal do centro. No caminho, o vidente entra em contato.

"Rafaela, poderia nos apresentar sua família? Você mora no bairro São Cristovão, não é isso?

"Sim. Sem problemas. Há três meses estou a morar com meus pais após o rompimento do meu noivado- Responde ela cada vez mais impressionada.

"Sei. Aproveitamos e fazemos um lanche. Estão com fome, pessoal? (O vidente)

"Eu estou. (Renato)

"Eu não. Mas o acompanhamos. (Rafael)

"Vocês nem perguntaram se a moça concorda. Folgados! (Uriel)

"Tem problema não. Meus pais tem o costume da boa hospitalidade. (Rafaela)

"Obrigado. (O vidente)

A caminhada continua. Mais à frente, dobram a direita novamente e esperam na esquina pelo primeiro ônibus que passasse rumo ao bairro pretendido. Enquanto isso, permanecem em silêncio.

O ônibus chega em cinco minutos. Os nossos augustos personagens embarcam e então é retomada a viagem que percorreria os bairros do lado oeste da cidade de Arcoverde. Em velocidade regular e enfrentando um trânsito caótico, eles chegam no ponto mais próximo possível da residência da amiga em cerca de dez minutos. Eles então pagam a passagem, descem e caminham mais cerca de cem metros.

O grupo está diante de uma casa de alvenaria simples,10x5 metros (Dez metros de comprimento com cinco metros de largura), estilo casa, com uma pequena murada na frente. Rafaela, como anfitriã, toma a iniciativa e bate no pequeno portão de entrada cujo acesso dava numa saleta. Bate uma vez e nada. Na segunda tentativa, ouvem ruído de passos e então esperam serem atendidos.

De dentro da casa, surge um senhor robusto, baixinho, claro, usando calça jeans, blusa de malha, chapéu de couro e sandálias tipo praia. Ao ver sua filha acompanhada pelos rapazes, ele faz um ar de surpresa e com autoridade diz:

"O que há, minha filha? Quem são estas pessoas?

"São meus amigos, pai. Vieram me acompanhar e fazer uma visita. Tudo bem? (Rafaela)

"Desculpem o mau jeito. Eu me chamo Antônio Ferreira e vocês?

"Sou o Aldivan Teixeira Tôrres.

"Eu sou o Renato.

"Chamo-me Rafael Potester.

"E eu Uriel Ikiriri.

"Muito prazer. Fiquem à vontade. Entremos. (Antônio)

"Obrigado. (O vidente)

"Minha mãe está? (Rafaela Ferreira)

"Sim. Na sala. Vamos entrar? (Antônio)

Os demais aceitam o convite com um sinal positivo. Eles passam pela saleta, adentram na sala e um a um vão se acomodando na poltrona de cinco lugares e os que sobram em cadeiras ao redor da mesma. São feitas as apresentações entre Gildete, a mãe de Rafaela, e os visitantes. Imediatamente, inicia-se uma conversação legal entre os presentes.

"Bom, Dona Gildete e seu Antônio, conhecemos Rafaela por acaso, quando estávamos a adorar o Santíssimo. Digam-me, quando seus problemas se iniciaram? (O vidente)

"Não sabemos exatamente, mas suspeitamos que a piora deu-se por conta do rompimento do seu noivado. Daí por diante, ela perdeu o gosto de viver. (Gildete)

"Eu acho que foi isso mesmo. (Antônio)

"Eu entendo. É muito difícil mesmo. (O vidente)

"Já procuraram especialistas? (Rafael)

"Já. Sem resultados concretos. (Gildete)

"No meu desespero, procurei até um pai-de-santo. (Antônio)

"Eu já disse a eles que nada nem ninguém pode me ajudar. Eles que são teimosos. (Rafaela)

"Não fale assim. Nada é impossível. (Renato)

"Ela está depressiva, jovem. É normal sentir-se desse jeito. (Uriel)

"Desculpe-me, Rafaela. (Renato)

"Você não tem culpa. O que faço, meu Deus? Sinto-me perdida e sem chances de sobrevida. O que mais falta acontecer? (Rafaela)

"A resposta que você procura está no meu pai. Quando eu estava na noite escura da alma-período negro em que me afastei de Deus-ele me procurou e com um grande amor salvou-me da perdição. Ele pode ainda fazer mais por você através de mim. Por isto, peço permissão a vossos pais e a você que me deixe tentar ajudá-la. (O vidente)

"Eu não sei. Ao mesmo tempo em que sinto medo sinto confiança no que você fala. O que faço, papai e mamãe? (Indaga Rafaela)

"Não temos nada a perder. Pelo pouco que conversamos, eu percebi a grandeza do coração desse homem. Eu tenho fé. (Gildete)

"O que pensa em fazer? (Antônio)

"Conhecer sua filha e através desse conhecimento poder ajudá-la. Quero que ela também nos acompanhe numa pequena viagem. (O vidente)

"Por mim, tudo bem. Contanto que nos deixe sempre informados. (Antônio)

"Se vocês concordam, eu também aprovo. Vou tentar. (Rafaela)

"Obrigado pela confiança. (O vidente)

"Querem algo para beber ou comer? (Gildete)

"Eu quero água. (O vidente)

"Eu quero um suco. (Renato)

"Qualquer coisa. (Rafael)

"Obrigado. (Uriel)

"Licença. (Gildete)

Gildete levantou-se, arrumou sua cabeleira e com passos firmes dirigiu-se à cozinha. Com alguns passos, chega lá e começa a preparar um lanche. Enquanto isso, a conversa continua animada na sala com relação a outros assuntos. Quando termina de preparar, a dona da casa chama todos à mesa da cozinha onde tudo estava bem organizado. Eles atendem ao chamado e durante cerca de vinte minutos, continuam interagindo entre si num clima de paz, tranquilidade e união como se fossem uma grande família. O que tem um fundo de verdade pois todos fazem parte da grande família chamada humanidade.

Ao final, Rafaela vai aprontar suas malas para que pudesse enfrentar a longa viagem. Uma viagem ainda indefinida e imprevisível que poderia mudar o futuro do mundo inteiro. Aguardemos.

Ipojuca-Arcoverde-PE

Com a ajuda dos novos amigos, Rafaela acerta os detalhes e então o grupo sai da casa. Fora dela, O vidente trata de alugar um carro com destino ao primeiro local que vem à mente. O local escolhido é o distrito de Ipojuca pertencente à sede Arcoverde. Eles então entram no carro e imediatamente é dada a partida rumo ao local citado.

Atravessam o bairro são Cristóvão, chegam ao centro, passam pela boa vista e ao final da avenida principal pegam um desvio com destino ao povoado. O momento atual é de expectativa e atenção por parte de todos. *"as linhas do destino estavam sendo traçadas sem nem ao menos eles perceberem isso. Certamente o sucesso os esperava."*

No caminho, tentam entreter-se da melhor forma possível através de risadas, causos, fofocas, e muita azaração. Apenas o vidente estava muito sério e concentrado. Pelo menos aparentemente.

E assim os quinze quilômetros que os separavam do povoado são rapidamente cumpridos sem qualquer estresse maior. Eles têm acesso ao povoado com casas espalhadas cá e acolá e composto duma rua principal. Eles pedem parada em frente à Igrejinha local, pegam o contato telefônico do motorista, despedem-se, pagam o aluguel, e finalmente descem. Assistem o carro sumir no horizonte e resolvem caminhar a esmo alguns metros. É neste instante que o vidente entra em contato:

"Eu sinto que tudo há de mudar. Eu encontrarei finalmente o meu destino, encantarei o público e resolverei muitos conflitos. Acreditam, irmãos? (O vidente)

"Sim, você é o cara" Elogiou Renato.

"Obrigado. (O vidente)

"Todos tem capacidade de alcançar o sucesso. Porém, muitos deixam levar-se pelas ocorrências do destino e desistem. Sei que este não é seu caso e o admiro por isso. (Rafael)

"Eu não sou um super homem, Rafael. Eu sou humano e tenho muito orgulho disso. Eu sou como qualquer pessoa normal, com medos, frustrações, decepções, angústias, inquietações e muitos problemas. Tudo conspira para o fracasso, mas não me dou por vencido. Eu resolvi lutar até o fim e chamo meus irmãos para o seio do meu pai." Eu sou" Vos ama e através de mim pode curar vossas feridas. Basta vocês acreditarem em Javé, em meu nome e no do meu irmão superior. Tenham fé! (O vidente)

"Ensina-me! Perdi a esperança e não sei onde encontrá-la. (Rafaela Ferreira)

O vidente emociona-se. Ali, ao seu lado, estava uma irmã sofredora, batalhadora, cheia de arranhões da ingrata vida. Compreendia bem sua situação e suas dores e por experiência própria sabia que não seria fácil lidar com elas ou até mesmo curá-las. Cheio de compaixão, ele aproxima-se da moça, a abraça forte, lhe dá um beijo no rosto e sussurra algo em seu ouvido. Ela se tranquiliza com a mensagem.

Após, com um sinal pede para que os outros o acompanhem. O grupo atravessa o povoado a pé, adentra na mata e logo depois para em frente a uma figueira. O vidente então retoma o contato:

"Assim como uma árvore dessas salvou minha vida um dia eu quero salvá-los das trevas e do pecado. Façam um círculo de mãos dadas.

Todos obedecem. O vidente aproxima-se e toca na sua mais nova amiga. A força de dois corações encontra-se e inicia-se o Take um da apresentação:

"Era o dia primeiro de janeiro de 1990.Inicia-se um dia calmo com sol moderado na querida Arcoverde. Mais precisamente no bairro são Cristóvão, próximo a faculdade local, o casal formado por Gildete e Antônio Ferreira acabavam de chegar do hospital onde a primeira dera à luz um lindo bebê. Como era a primeira e provavelmente a única filha por complicações na fase de parto, a mesma estava sendo bastante mimada pelos dois. Era a concretização do amor mútuo do casal que ficara junto após 5 anos de idas e voltas.

A menina era um encanto de criatura e parecia sorrir apesar de provavelmente não os enxergar. Após abraçá-la apertado, a mãe faz uma profecia:

-Minha filha será feliz mesmo que vá sofrer frente às intempéries da vida. Eu sinto que algo especial há de acontecer em sua vida.

O pai ateu não deu importância à mensagem, mas a mãe católica encarou como uma pista do destino. Cria piamente que ela seria especial. Em comum acordo, escolheram Como nome Rafaela e assim ela foi batizada na igreja do bairro uma semana depois. Após, continuou sua vida normalmente.

Aos poucos, Rafaela foi crescendo, ganhando corpo, engatinhando e até andar em aproximadamente um ano de vida. Neste caminho, tropeçou, caiu, feriu-se e finalmente venceu. Estas etapas a acompanhariam em qualquer projeto e com um pouco de dedicação, garra, fé permaneceria vencedora. "Todo ser humano é predisposto ao sucesso. No entanto, a maioria desiste diante da primeira dificuldade. Para estes," Eu sou" diz: Você é capaz e nada é impossível aqueles que creem em Deus. Portanto, persistam em sonhos que uma hora ou outra acontecerá o milagre.

Depois do primeiro aniversário, pouco a pouco, a menina foi conquistando seu espaço e tendo consciência de sua existência. É nessa época que se inicia a fase dos porquês e os pais tem que se virar para satisfazê-la ou pelo menos acalmá-la. O mundo não era como uma disciplina exata e sim uma infinidade de incógnitas que nem os adultos entendiam direito. Portanto, não havia resposta para tudo.

Nesta fase até os oito anos, o mais difícil foi a separação definitiva duma amiga de escola que se mudara para São Paulo. Rafaela passara dias e noites em luto e ficara tão triste que até médicos foram consultados. A sua salvação foi sua avó por parte de pai, Gracinha, que teve muito jeito para explicar-lhe a situação. Foram várias sessões até ela recuperar-se parcialmente. Conseguiu retomar sua vida, mas as marcas ficaram. Poderíamos dizer que este fato ocasionou sua primeira crise depressiva e a doença ficou plenamente manifesta. Ainda bem que não foi o fim."

O primeiro lampejo acaba. O vidente retira a mão da amiga, fica pensativo como se a analisar a situação e só instantes depois é que se manifesta:

"Eu te compreendo Rafaela. Você se deixou levar pelas suas dores e em alguns momentos sente-se perdida, confusa e desesperada. Porém, eu lhe garanto que não é o fim. Temos que nos entregar ao poder infinito do pai e seguir em frente. Como diz o ditado, "Não cai um fio de nossos cabelos sem seu consentimento".

"Quem é você? Eu nunca vi alguém falar tão profundamente comigo. (Rafaela)

"Ele é o filho de Deus, Rafa. Nele o pai encontra seu agrado. (Renato)

"Aldivan é um dos poucos seres no universo a verter luz pura. Nem mesmo os anjos se comparam a ele. (Rafael)

"Eu sou seu protetor especial. Fui criado especialmente junto com ele. (Uriel)

"Eu sou aquele que as pessoas rejeitaram e humilharam séculos atrás. Eu também sou a luz do sol, a brisa fresca da manhã, o desejo mais profundo do sonhador. Este que vos fala é conhecido como "Eu sou", aquele que liberta, cura, orienta os que desejam conhecer o pai. (O vidente)

"Caramba! Estou sem palavras! Num instante, estava eu em contrição e dor diante do altíssimo na catedral do livramento. Conheci então vocês e agora estou aqui no povoado de Ipojuca com um homem que conhece minha vida, meu futuro e que se autodenomina o filho de Deus, com um jovem inteligente e sábio e com dois seres que parecem de outro mundo. Será que é um sonho, um delírio ou em última hipótese uma realidade tão fantástica que me custa acreditar? (Rafaela)

"Então me toque e comprove o que sua fé não permite-Disse o vidente estendendo as mãos.

Rafaela Ferreira hesita. Será que deveria? Bem, era a única opção para tirar a dúvida a qual lhe corroía o coração. Foi então que munida do resto de coragem que sobrara avançou três passos e com suas mãos delicadas e finas tocou o braço do filho de Deus. Em retribuição ao gesto de carinho, ele lhe deu um beliscão o que a fez soltar um gemido de dor. Sim! Estava plenamente convencida agora de que ele era real e da forma que falara poderia levá-la a caminhos os quais ainda não conhecia.

Ao final do toque, eles se separam e então o vidente toma a palavra:

"Voltemos à área urbana do povoado. O tempo urge.

O grupo em geral concorda e eles então partem de onde estavam (início da mata) e retornam pelo mesmo caminho em direção contrária. O momento era de plena comunhão de sentidos entre eles. O que quer que acontecesse, eles enfrentariam juntos em busca do objetivo maior. O mundo os esperava.

Em vinte minutos frenéticos, enfrentando o calor exaustivo, as pedras, os espinhos cortantes, a solidão interna e o improvável eles chegam ao povoado. Numa reunião rápida, eles decidem procurar um restaurante ou lanchonete pois se encontravam sedentos e esfomeados. Procurando aqui e ali e informando-se com os locais encontram um quiosque simples denominado bar do encantamento.

O estabelecimento é formado de um vão simples, balcão e prateleiras, e um salão onde estão colocadas alguns grupos de mesas e cadeiras. Além de comida pronta, vendem bebida, gêneros alimentícios e utilidades domésticas. Nos fins de semana, oferecem churrasco e comidas regionais a contratar.

Como ainda não é horário de almoço, eles encontram mesas e cadeiras vagos, acomodam-se e ficam a escolher algum dos pratos disponibilizados no cardápio posto na mesa. Escolhem macaxeira com charque, algo barato, de bom gosto e regional.

Fazem então o pedido e enquanto esperam, a conversação rola solta.

"De onde vocês são mesmo? (Rafaela Ferreira)

"Sou natural de Pernambuco. Eu sou um cara que acredita no trabalho, nas pessoas e em principalmente nas forças benignas que me acompanham. (O filho de Deus)

"Eu sou da serra do Ororubá, na região de Mimoso. Lá, eu e minha mãe adotiva- A guardiã da montanha sagrada- vivemos com dignidade, doçura e em plena comunhão com a natureza. (Renato)

"Sou um dos sete arcanjos que estão sempre na presença de Deus. No entanto, tenho uma missão especial aqui na terra junto a vocês e espero corresponder à altura à força criadora. (Rafael)

"Eu também sou um anjo com objetivo único de cuidar do meu amo e senhor, o filho de Deus. Agradeço ao pai por isso. (Uriel)

"Eu nasci e me criei em Arcoverde. Apesar de serem estranhos, algo me diz para confiar em vocês. Muito obrigado por se importarem comigo. (Rafaela Ferreira)

"À vontade, amiga. Estamos aqui para auxiliá-la. (O vidente)

"Obrigada. (Rafaela)

"E o que faz da vida, Rafaela? (Renato)

"Atualmente só estudo. Mas devo ser sincera que atualmente não tenho tido vontade para nada. (Rafaela)

"Deve ser a doença. (Renato)

"Que doença? Eu estou apenas deprimida. (Rafaela)

"Isto o que você sente chama-se depressão. Se não tiver acompanhamento adequado, pode levar a pessoa à loucura ou até ao suicídio. (Rafael)

"Era exatamente no que estava pensando quando vocês apareceram: Jogar-me na primeira ponte. Eu não quero mais sofrer. (Rafaela)

"Deus não permitiria nem eu porque vos amamos, Rafaela. A solução para seus problemas está no meu pai e em meu nome. Você crê? (O vidente)

"Faça-me um milagre para que eu creia! (Rafaela)

"Se a mim fosse permitido, eu faria, Rafaela, por amor a você. Mas pense bem: Só de estarmos aqui já não é um milagre? Há quanto tempo você não conversava francamente numa roda de amigos? (O filho de Deus)

"Olhando por esse lado, você está certo. (Rafaela)

"O tempo dos grandes milagres já passou. Estamos no período de apostasia, onde o materialismo e o egoísmo do ser humano é preponderante. Sinta-se feliz por ter a oportunidade que está tendo agora. (Uriel)

"Desculpem-me a grosseria e a tentação. (Rafaela)

"Não se preocupe. Estou pronto para compreendê-la. (O vidente)

A refeição chega. A partir daí, o silêncio predomina somente atrapalhado pelos locais que começam a chegar. O grupo passa cerca de trinta minutos em completa harmonia degustando o almoço e ao final dele, pedem algo para beber. Após, pedem a conta, saem do estabelecimento e ligam novamente para o motorista que os trouxera. Esperam mais vinte minutos e com a chegada do táxi, embarcam com destino à querida Arcoverde. O destino os esperava.

Riacho do meio-Arcoverde-PE

Durante o curto trajeto realizado entre Ipojuca e Arcoverde, nenhuma anormalidade aconteceu. Entre interações e visualizações, eles mantinham-se entretidos a maior parte do tempo. Nem parecia que cada vivia um drama particular: O vidente, que ainda não se firmara como artista que merecia ser, Rafael e Uriel pelo fato de ainda não terem concluído sua missão, Renato por ainda não ter sido eficaz e por último, Rafaela Ferreira, a qual enfrentava uma crise depressiva severa. Pelo menos, nenhum deles perdera a fé por completo. Havia ainda uma esperança e isto algo que Aldivan costumava enfatizar.

Neste ambiente de tranquilidade eles retornam à capital do sertão pernambucano, descendo nas imediações do bairro boa vista. Eram 12:30 Horas e ficam a esperar lotação numa das vias.

Enquanto esperam, aproveitam para tomar um pouco de sol e escutar uma música vindo das imediações. Estava tudo perfeito. A música para a autolotação chega, eles adentram no veículo, uma besta azul, e então é retomada a viagem.

Numa velocidade regular, chegam na rodovia que no momento encontra-se bastante movimentada. Seriam mais dezesseis quilômetros até o povoado Riacho do meio, onde o vidente com sua turma iria visitar amigos.

Como sempre, aproveitam o tempo no carro para fazer amizades entre os passageiros e o motorista. Todos eram bem conhecidos na região por fazerem aquele percurso frequentemente.

De notícias gerais a política e a religião, os temas são bem explorados e provocam bastante gargalhadas em todos. Como era bom viver, ter amigos, papear e esquecer as preocupações por alguns instantes. Isto era extremamente necessário para saúde mental de todos.

E assim vão avançando no percurso, descem a serra, passam pelo sítio quinze metros e algum tempo depois finalmente chegam ao povoado que se localiza na divisa entre Arcoverde e Pesqueira. Descem próximo ao pomar de cajueiros, pagam a passagem, despedem-se, pegam a trilha e entram no pequeno povoado.

Com mais alguns passos, chegam a única rua principal e avançam pela direita até chegar na quinta casa, que é estilo casa,8x4 metros, porta e janela de cedro, com uma pequena área na frente. O vidente então começa a bater e gritar:

"Dona Eulália! Cheguei!

No mesmo instante, ouve-se um ruído de passos e de dentro da modesta casa, sai uma senhora de meia-idade, branca queimada do sol,1,65 m de altura, magra. Ela sai mostrando um sorriso no rosto ao reconhecer aquele rapaz o qual conhecera certa vez na lotação e que a fizera acreditar que era importante. Que bom que ele estava ali, pensa interiormente. Ela então entra em contato:

"Aldivan, você aqui? E quem estas pessoas que o acompanham?

"Sim, sou eu, Dona Eulália. Estes são meus companheiros de aventura. Chamam-se Renato, Rafael, Uriel e Rafaela "Disse o filho de Deus apontando para cada um deles.

"Muito prazer. Sejam bem vindos. Entrem, por favor!

"Obrigado (Todos).

Aceitando o convite, um a um vão entrando na pequena casinha de alvenaria. A casa é composta de sala única, quarto, área de serviço, cozinha e banheiro. Eles chegam na sala e acomodam-se no sofá de cinco lugares e o que sobra numa cadeira ao lado.

A anfitriã é a primeira a tomar a palavra:

"Muito bem. Eu estava exatamente pensando em você agora, meu filho. Quando nos encontramos pela primeira vez, suas palavras me fizeram um bem enorme. Hoje, estou tranquila, vivendo da minha aposentadoria. Vez ou outra, meus netos vêm visitar-me e quando acontece isso é aquela festa.

"Que bom que eu pude ajudá-la de alguma forma. Eu trouxe esta jovem aqui (apontando para Rafaela) para que troquem algumas palavras. Ela sofre de depressão. (O vidente)

"Será um prazer. Como vai, Rafaela? (Eulália)

"Estou levando minha vida. Obrigada. (Rafaela)

"A encontramos na Igreja do livramento, em Arcoverde. Ela nos chamou muita atenção. (Rafael)

"Por quê? (Eulália)

"Explique a ela, irmão. (Rafael)

"Ela estava em prantos e totalmente desnorteada. (Uriel)

"Aí resolvemos ajudá-la. (Completou Renato)

"Isto mostra a grandeza do coração de vocês. Tem minha admiração. Mas poderiam me explicar o motivo de tudo isto? (Eulália)

"É o que eu também me pergunto. (Reforçou Rafaela)

"Meu pai me chamou a missão. De alguma forma, estou ligado à Rafaela e ela a mim. Somos almas irmãs desde o princípio e não medirei esforços para ajudá-la. Aliás, isso é o que sempre faço independente da pessoa merecer ou não "Explicou o filho de Deus.

"Obrigada. (Rafaela)

"É realmente digno. Estão de parabéns! Diga-me colega, há quanto tempo sente-se assim? (Eulália)

"Não sei bem. Eu já tive várias crises aparentemente por motivos banais. Confesso que se não fosse o filho de Deus ter me resgatado, eu já estaria morta, provavelmente me jogaria duma ponte. (Rafaela)

"Não fale assim. Você é jovem, tem muitos motivos para viver e tem muita sorte. Então sorria! (Eulália)

"É o que enfatizamos a todo o momento para ela. (Rafael)

""Realmente não é o fim. Eu vejo bons tempos, de recolhimento espiritual, de descobertas e de felicidade. Palavra de Javé". (Uriel)

"Amém. Ajuda-me, senhor! (Rafaela)

"Ele já está ajudando, amiga. Tenha fé! (O filho de Deus)

"Eu creio! (Renato)

"Eu também quero crer! Ensina-me! (Rafaela)

O vidente levanta-se, aproxima-se da jovem e lhe dá um grande abraço caloroso. Descansando sua cabeça no peito do seu senhor, amigo e irmão, ela tinha consciência de que nada de mal poderia lhe acontecer. Esta certeza a aliviava e a comoção do momento a fez chorar.

O filho de Deus então se abaixou e delicadamente recolheu suas lágrimas. Neste momento, promete a si mesmo, a seu pai e ao universo inteiro que seu reino futuro não haveria lugar para sofrimento, dor ou até mesmo a morte. Nele, os humanos seriam completamente felizes e adorariam seu pai no monte Sião. Diferentemente dos reinos humanos, os direitos seriam iguais e as pessoas não seriam pré-julgadas por sua cor da pele, raça, religião, opção sexual ou qualquer especificidade. Todos seriam filhos do mesmo pai.

Quando ele percebe que Rafaela se acalmara, finda o abraço e retorna ao seu lugar. A anfitriã retoma o contato.

"Querem algo para beber ou comer?

"Obrigado, Dona Eulália. Já estamos de saída. Vamos pessoal? (o vidente)

"Sim. (aprovaram os outros)

"Muito obrigado pela conversa e hospitalidade. (O vidente)

"De nada, visitem-me quando quiser. Boa sorte, Rafaela. Que Deus a abençoe. (Eulália)

"Obrigada senhora, pelas palavras de conforto. (Rafaela)

Todos se abraçam mutuamente e finalmente despedem-se. Encaminham-se à porta, a ultrapassam e ganham às ruas do pequeno arruado. Caminhando alguns metros, Rafaela aproxima-se do seu amado e diz:

"Estou pronta! Toque-me!

O filho de Deus sorri. Estava esperando todo o tempo por isso. Delicadamente, chega mais perto e estica o seu braço tocando-a no vestido. Imediatamente, ela sente uma força misteriosa que concomitantemente a cura e descobre seus mais íntimos segredos. Take dois:

"Rafaela continuava crescendo a olhos vistos: De uma garotinha meiga, inteligente e perspicaz passou a moça com as mesmas qualidades. Na vida familiar, mantinha uma boa relação com o pai e a mãe, na vida social era atuante frequentando os principais eventos sendo respeitada por sua índole e valores. Na vida intelectual, destacava-se em sala de aula, passando com louvor no ensino básico e no colegial. Naquele instante, as marcas tristes deixadas pela separação da amiga de infância já não eram tão fortes. Em seu lugar, surgiram outras amizades apesar da primeira nunca cair no esquecimento.

No entanto, aquele sentimento ruim persistia em seu interior somente esperando o momento certo para explodir novamente. Era um fenômeno descoberto recentemente chamado depressão, mas que existira desde os primórdios tendo atualmente o status de doença. Seus sintomas mais comuns são: Tristeza profunda, sentimento de culpa, dificuldade para dormir e se concentrar, baixa autoestima e ideias suicidas. Rafaela Ferreira sentia a maioria destes em suas crises.

O segundo fato que desencadeou novamente a doença foi na época do vestibular. Após um ano de preparação intensa, Rafaela submeteu-se a vários testes na capital em universidades públicas. Um mês depois, saiu concomitantemente os resultados e em todos eles ela fora reprovada. Isto trouxe um grande choque mesmo diante de suas pequenas chances. Eu explico. Por ser pobre, Rafaela sempre estudara em escolas de ensino básico público, onde o ensino era menos desenvolvido do que na rede particular. Apesar de ser inteligente, este fato era inegável. Outro fator importante foi a falta de material adequado na preparação. Enfim, mesmo com todas as adversidades, esperava algo bom ou um milagre e por isso a reprovação simultânea fora um choque embora tivesse grande probabilidade de acontecer.

A partir daí, foram duas semanas de recolhimento e sofrimento em casa até que recebeu uma visita de uma colega de escola a qual também tinha sido reprovada nos mesmos exames. Numa conversa franca, ambas se consolaram e prometeram recomeçar. Afinal, eram jovens e um vestibular não tinha o poder de marcá-las para sempre como incapazes. "Não existia fracasso nem sucesso definitivo. A vida era feita de altos e baixos, e o segredo da felicidade consistia em sempre acreditar numa saída."

A vida foi então retomada por ambas."

O vidente retira a mão. Como aquela menina tinha sofrido! Não era justo com ela nem com ninguém conviver com tantos fracassos e dores. Foi aí que com um olhar penetrante encarou ela e todo seu grupo, declamando:

"Eu sei como ninguém o que é o sofrimento. Na minha infância, convivia diariamente com a miséria, a incompreensão, a sujeição e a injustiça humanas. Na minha juventude, afim de não magoar meus familiares, vivi um personagem e como consequência deixei de aproveitar a vida. Um pouco depois, cheguei ao extremo da escuridão e criminalidade. Foi neste momento que o pai agiu e me resgatou. Hoje sou um homem renovado, íntegro e feliz. Existe algum segredo nisso? É simples. Peguem suas cruzes, renunciem ao mundo e integrem-se a força viva do universo que costumamos chamar de Deus. Ele é o único que nos compreende de verdade. Ele vos chama agora para integrar o seu reino. Nele, não haverá tristeza, dor, sofrimento ou injustiça. Este reino não terá fim.

"Sim. O caminho está aberto a todos, justos e pecadores. (Rafael)

"Grandes e pequenos reunir-se-ão no monte Sião e adorarão o pai e os filhos. Será um tempo de paz e felicidade. (Uriel)

"Quando será? (Renato)

"A data está definida desde o início dos tempos e só pertence ao todo-poderoso. O dia virá como ladrão e, portanto, é necessário que estejamos preparados-recomendou o filho de Deus.

"O que devo fazer para entrar no reino do pai? (Rafaela Ferreira)

"São necessárias algumas coisas. Trabalho, fé, humildade, caridade, tolerância, paciência, dignidade, o perdão e acima de tudo amor. Quem não conhece o último, não tem a essência de Deus. (O filho de Deus)

"Obrigada por compartilhar isto conosco, amigo Aldivan. (Disse Rafaela finalizando a conversa)

O grupo então seguiu em frente rumo à pista, as margens da BR 232.Sem enfrentar resistências, concluem o percurso em oito minutos. Esperam até uma lotação passar o que leva aproximadamente quarenta minutos.

São apenas seis quilômetros a percorrer até a entrada de Caraíbas e tão rápido chegam que nem tempo tem de se entrosarem com os passageiros. Descem, desejam boa viagem aos que ficam, pagam a passagem, atravessam a rodovia, iniciando a subida da curva em formato de curva.

Neste instante tudo parece mudar.

Caraíbas–Arcoverde–PE

O chão some aos vossos pés. Os anjos então agem rápido e seguram os humanos. Mesmo assim, uma força poderosa os puxa de encontro ao abismo em velocidade. Em questão de segundos, eles estão a cair numa imensidão escura, fria e deserta. O que fazer? Aonde iriam parar? Naquele momento, a esperança e a fé de todos encontrava-se abalada pelo fato deles estarem sucumbindo sem socorro.

O tempo avança e eles continuam caindo. Em um tempo que não se sabe mensurar tamanho o atropelo dos envolvidos, eles veem o fim: Do lado direito, uma cruz, do esquerdo, trevas imensas, no centro, o Sheol, repleto de espíritos maus atormentados. Quanto mais se aproximavam dos elementos, o choque das forças opostas era gritante como a cinco anos na primeira aventura da série "O vidente".

Próximo de se despedaçarem no chão, o filho de Deus, inspirado pelo espírito santo começa a pronunciar a seguinte oração: *"Eu vos chamo ó pai para a ação. Estamos em profundo pesar, tristeza e perigo e não temos a quem recorrer. Lembrai-vos de nós agora assim como vos lembraste e tiveste piedade de Noé e dos Israelitas escravos. Eu vos peço pelo teu amor, compreensão e pelos merecimentos da cruz bendita que nos livrou do pecado e abriu as portas da vida eterna. Que assim seja."*

Faltando apenas um milímetro para caírem. A força de atração cessou. Os anjos então bateram as asas e retomaram o voo. Iniciaram então o caminho de volta no ritmo da velocidade da luz. Em pouco tempo, saem do abismo e o mesmo desaparece sem deixar rastros. Como num passe de mágica, encontram-se novamente na subida de Caraíbas, bem no início. Rafaela não se conteve:

"Meu Deus! O que foi aquilo?

"Foi uma ilusão provocada por uma mente maligna poderosíssima. Se não fosse a oração do vidente, estaríamos todos perdidos "Explicou Rafael.

"Como é isso, Aldivan? De onde vem a inspiração? (Rafaela Ferreira)

"Eu vou explicar. Através do fenômeno da comunhão, eu e Javé estamos interligados de tal forma que minhas palavras se tornam as dele. Não há diferença. (Aldivan)

"Incrível! Nunca ouvi algo igual. Apesar de parecer blasfêmia, eu acredito. (Rafaela)

"Que bom amiga. Está começando a compreender a grandeza desse coração que um dia conquistará o mundo. (Renato)

"Eu não vivo sem ele. (Uriel)

"Obrigado a todos e especialmente a meu amigo arcanjo Uriel Ikiriri. Nos momentos mais difíceis da minha vida, ele foi um instrumento do altíssimo que me amparou e me libertou. Eu não tenho palavras diante disso. Sou o único humano a conhecer seu anjo, a saber seu próprio futuro e penetrar na alma humana. Sou um abençoado. (O vidente)

"Queria ser igual a você. (disse Rafaela em tom melancólico)

"Não queira. Cada ser humano é belo por suas especificidades. Deus te ama como você é e só espera um sim seu para agir em sua vida. (O vidente)

"Entendi. Desculpa. (Rafaela)

"Não se preocupe. Eu a compreendo. (O filho de Deus)

"Obrigada. (Rafaela)

"Continuemos, então. Ainda temos chão pela frente. (Aldivan)

O restante do grupo obedeceu. A caminhada então continuou. Percorrendo alguns metros, fizeram a curva e seguiram em frente. No caminho, encontram dois automóveis de passeio a sair da vila, alguns homens montados a cavalo e outros pedalando sua bicicleta. Como eram educados e gentis, foram todos cumprimentados e continuaram avançando.

Um pouco mais à frente, surgem as primeiras casas e a subida torna-se plana. O vidente para; os outros fazem o mesmo, e então ele aproveita para entrar em contato com seus companheiros de aventura:

"Veem isto tudo ao redor? É um relevo esplendoroso com seus traços peculiares, isto é um pouco da caatinga sertaneja. Todos os dias, durante um ano, fazia este percurso o que me custava muito suor. Contudo, isto não me tornou menos valoroso. Ao contrário, sentia-me digno ao exercer meu mister de assistente administrativo na secretaria da escola.

"Eu nunca trabalhei. Mas entendo o que disse. É realmente bom sentir-se útil o que não sou atualmente. (Rafaela)

"Não fale assim. Você tem uma família linda que te ama e um pai espiritual também. Agora, tem a nós como amigos. Viu? Você não é uma inútil. És importante para aqueles ao seu redor. (Aldivan)

"Suas palavras..............emocionam-me.......(Rafaela Ferreira, em ataque de prantos)

A emoção tomou conta de todos. Instintivamente, aproximaram-se dela e a abraçaram mutuamente. Foi tão grande a ênfase que Rafaela sentia-se sufocada. Pela primeira vez em muito tempo, sentiu-se completamente amada o que era um santo remédio para seu problema depressivo.

Quando ela se acalmou mais, eles se separaram novamente e a conversa continuou um pouco mais:

"É assim que deve ser! Somos uma grande equipe com um objetivo em comum: Desvendar os complexos meandros do surpreendente destino. Estamos contigo, vidente! (Renato)

"Obrigado. Posso contar com vocês também, meus queridos Arcanjos? (Aldivan)

"Sempre! Seu pai Javé nos guia a todo instante. Esta é a sua vontade. (Rafael)

"Na noite mais escura, quando todos disserem não, quando não houver mais saída, eu te socorrerei. Neste instante, eu lhe mostrarei um caminho límpido. A partir daí, reinará a felicidade em sua vida pois eu sou Javé, o Deus verdadeiro. Palavra de Javé. (Uriel)

"Isto já aconteceu comigo. Tocante. (O vidente)

"É assim que também me sinto. Conte comigo para tudo. (Uriel)

"Obrigado. Conte comigo também. (Aldivan)

"Podemos continuar? O tempo urge e já é quase noite. (Alertou Rafael)

"Sim, vamos. (O vidente)

A viagem é retomada. Os quinhentos metros os quais os separavam do povoado é alcançado rapidamente em passadas firmes e largas. Eles percorrem as primeiras ruas e dobrando à direita, caminhando mais cinquenta metros em frente e então chegam a uma residência tipo chalé, com área na frente e de lado, uma garagem ao lado, parede lisa rebocada e pintada a branco, de alvenaria, com o número trinta e cinco escrito numa placa de madeira. Eles chegam junto à porta e batem até que alguém vem atendê-los. Trata-se de uma jovem loirinha, estatura média, de faces rosadas, chamada Jackeline. A mesma da aventura passada, no "Encontro entre dois mundos". Ela entra em contato.

"Você aqui, vidente? Quanto tempo!

"Sim. Eu estou na minha quinta saga da série o vidente. E você, como vai? (O filho de Deus)

"Bem. Quem são estes que vos acompanha? (Jackeline)

"São meus amigos. Rafael, Uriel e Rafaela Ferreira. O Renato, você já o conhece. (Aldivan)

"Sim, claro. Prazer, pessoal. (Jackeline)

"Prazer. (O restante, concomitantemente)

"Desculpem o mau jeito. Entrem, por favor. (Jackeline)

"Obrigado. (O vidente)

Acompanhada do grupo, Jackeline entra em casa e como seus pais encontravam-se em viagem os atende como única anfitriã. Eles espalham-se na poltrona da sala composta por sete lugares.

Eram exatamente 18:00 Horas e então ela aproveitou a deixa para convidá-los.

"Que tal irmos à cozinha? Devem estar com fome.

"Um pouco. O que acham pessoal? (O filho de Deus)

"Eu aprovo. (Renato)

"Eu também. (Rafaela)

"Então vamos. (Rafael)

"Isto. (Uriel)

Convite aceito, eles saíram da sala, atravessaram um corredor e chegaram na cozinha. Eles acomodam-se em cadeiras ao redor da mesa principal enquanto Jackeline vai preparar chá e bolachas para um lanche. Até que ofereceria um jantar, mas não havia tempo hábil para isso nem esperava receber visitas.

Quando tudo fica pronto, eles são servidos pela mesma e então o vidente aproveita a oportunidade para se comunicar.

"Olha, eu quero pedir uma coisa a você, Jack. Poderia nos hospedar por esta noite? Já está tarde e não temos mais ninguém conhecido por aqui.

"Não se preocupe. Tenho camas e colchões disponíveis para todos. Será um prazer "a "Disse.

"Obrigado. Continua trabalhando como agente de saúde? (Aldivan)

"Sim e você na sua grande aventura como escritor? (Jackeline)

"Sim. Amo o que faço. Pessoas como a Rafaela me inspiram a continuar. (Aldivan)

"O que você tem, querida? (Jackeline)

"Sinto-me um pouco entediada e triste com algumas coisas. (Rafaela)

"Eu entendo. Está depressiva. Você fez uma ótima escolha ao acompanhá-lo. Aldivan tem palavras de vida. (Jackeline)

"Obrigada. Eu já percebi isso. (Rafaela)

"E como você vai, Renato? Está cada vez maior. (Jackeline)

"Bem. Neste ano, termino o ensino médio e desejo continuar os estudos cursando uma faculdade. Já tenho algumas paqueras. "Disse o jovem.

"Que bom! E você, Aldivan? Já arranjou o seu amor? (Jackeline)

"Ainda não, mas estou à procura. Quem sabe um dia talvez possa achar. Contudo, independente disto, sou um homem realizado e feliz na minha profissão e trabalho. (Aldivan)

"Isto é uma verdade. Se existe uma pessoa que é feliz e merecedora, este ser se chama Aldivan Teixeira Tôrres, e não falo isso porque é meu protegido. Meu julgamento é imparcial. (Uriel Ikiriri)

"Aldivan é flor entre espinhos. Dentre os humanos, não há ninguém igual a ele. Sua grandeza é tamanha que Deus considera seu filho. (Rafael)

"Sinto orgulho de ser seu parceiro de aventuras. (Renato)

"E eu de tê-lo como amiga. (Jackeline)

"Idem. (Rafaela)

"Obrigado a todos. Vocês, junto com a humanidade inteira, são importantes para mim apesar de as vezes não fazerem por merecer. Eu vos amo como irmão, pai e amigo! (O filho de Deus)

Todos se aproximam de Aldivan e o abraçam mutuamente. Naquele instante mágico, sentiam-se como verdadeiros filhos do pai, amados e protegidos. O abraço dura o tempo suficiente para se atingir o calor humano. Após, desfaz-se o abraço e eles continuam a comer o chá com bolachas.

Quando terminam, saem da cozinha, voltam à sala e vão realizar outras atividades. Entre elas, assistir TV, escutar uma boa música no rádio e conversar. Isto os ajuda a mantê-los entretidos até a hora de dormir o que acontece exatamente às 22:00 Horas.

Mimoso-Pesqueira-PE

A noite e a madrugada transcorrem dentro da normalidade e finalmente amanhece. Um a um, os integrantes do grupo vão acordando e a anfitriã também. Enquanto a última vai preparar o desjejum, os outros fazem uma fila no único banheiro a fim de tomar um banho. Como eram muitos, apressam-se na atividade terminando em uma hora. Após, dirigem-se à cozinha e ao chegar lá, para a alegria de todos, verificam que o café da manhã está pronto. Eles acomodam-se próximos à mesa e semelhantemente á noite, Jackeline os serve prestativamente.

Num ambiente aconchegante e tranquilo, eles degustam as delícias típicas do sertão do nordeste como macaxeira com charque, cuscuz, tapioca e bolos. Tudo preparado com maestria pelas mãos de fada da amiga Jackeline. Paralelo a isso, aproveitam para se conhecer melhor.

"Você está de parabéns, Jack.Com quem aprendeu a cozinhar tão bem? (o vidente)

"Obrigada.Com a minha mãe. Ela é uma ótima cozinheira-Respondeu Jackeline.

"Depois você me passa a receita? O tempero está mesmo ótimo. (Rafaela)

"Claro. Não tem segredo nenhum. É só colocar os ingredientes na quantidade certa. (Jackeline)

"Ok. (Rafaela)

"E como você passou todo este tempo desde que nos separamos? (Renato)

"Na minha vida simples de sempre. No meu trabalho como funcionária pública, nos afazeres domésticos e nas viagens em férias pois ninguém é de ferro. E como está a questão dos livros? Já fizeram muito sucesso? (Jackeline)

"Estamos fazendo um bom trabalho. Os frutos colhemos depois. (Renato)

"Que bom! (Jackeline)

"Muito bem, Jackeline! Você é um exemplo duma pessoa que sabe aproveitar a vida. Espelhe-se nela, Rafaela! (O vidente)

"Com certeza! Já ganhou minha admiração. (Rafaela)

"Obrigada. E vocês, Rafael e Uriel, desde quando entraram na vida do vidente? (Jackeline)

"Sempre fizemos parte da vida dele, mas só agora a pouco Deus nos permitiu revelar-nos. Somos Arcanjos e sempre estamos na presença de Deus "Explicou Rafael.

"Arcanjos? Aqui na terra? Como é possível? E por quê? (Perguntou a incrédula Jackeline)

"Isto mesmo. Eu especificamente sou o anjo da guarda do Aldivan, sou um Ikiriri, e fui criado junto com ele. Estamos vivendo um tempo importante e decisivo e nossa presença torna-se essencial aqui na terra. (Uriel)

"Que massa! Queria eu também de ter a oportunidade de conhecer meu anjo. Acho que isso mudaria completamente minha vida. (Jackeline)

"Eu também. (Rafaela Ferreira)

"Estamos por toda a parte. Cada pessoa de uma forma ou de outra tem um contato com seu anjo. É só prestar atenção nos sinais. (Rafael)

"Por exemplo? (Jackeline)

"Já ouviu aquela voz interior a orientando e aconselhando? Os humanos chamam de intuição. (Rafael)

"Sim. Em menor grau, sim. (Jackeline)

"Eu também. Várias vezes. Só que às vezes algumas vozes nos influenciam para o mal. (Rafaela)

"Neste caso, são mensageiros também conhecidos como demônios. Eles pertencem à escuridão, agem no ponto fraco das pessoas servindo aos propósitos do Deus das trevas. (Uriel)

"Foi o que aconteceu comigo. Estas vozes quase me levaram à perdição. Contudo, no momento que mais precisei, as forças do bem se acharam presentes e me libertaram. (Aldivan)

"E é exatamente isto o que preciso agora. Preciso desta força restauradora para prosseguir vivendo com expectativas. Ensina-me, filho de Deus! (Rafaela Ferreira)

O filho de Deus emociona-se e levanta-se se colocando diante de todos. Rafaela era mais uma pessoa angustiada, desesperada e perdida que clamava por ajuda e com sua experiência sabia o quanto era doloroso sentir-se só na vida. Por um momento, olha para seu interior e espera uma resposta de seu pai que tanto o amava. Sabia que se pedisse ele o atenderia pois em si Javé Deus encontrava seu agrado.

Com uma voz firme e segura, ele então fala com seus amigos:

"Meus irmãos, tenham fé! Javé Deus é onipotente, onipresente e onisciente e mesmo tendo tanto atributos nos ama como filhos. A única condição para isso é que sigamos seus preceitos escritos na bíblia e atualizados no Best-Seller "O código de Deus". O resto acontece por consequência disto.

"Eu quero. Como posso entrar no reino de Deus? (Rafaela Ferreira)

"Nosso reino é um reino de justiça, paz e amor e está aberto a todos. Minha missão agora é procurar as pessoas, divulgar as mensagens de Deus e esperar que por si só ela se espalhe. Você faz parte desse projeto. Aceita? (O filho de Deus)

"Sim. (Rafaela Ferreira)

"Então a partir de agora você é primeira apóstola. Faltam 11 para completar o time. Seja bem vinda. (O vidente)

"Obrigada. (Rafaela)

"Eu também quero. (Renato)

"E nós? (Jackeline)

"Vocês fazem parte de um plano à parte. Os meus apóstolos são todos aqueles que precisam de minha ajuda urgente, especialmente os pecadores-Explicou o filho de Deus.

"Conforme a tradição, serão doze que se tornarão bilhões. (Rafael)

"Que se cumpra a profecia! (Uriel)

"Obrigado a todos. (O vidente)

Dito isto, o vidente retornou a seu lugar e então todos continuam a alimentar-se. Ao término desta operação, eles despedem-se finalmente, pegam as malas e saem da casa. Agora, rumo a Mimoso-Pesqueira-PE, vila que dista cerca de doze quilômetros de onde se encontravam. Fora onde tudo começara.

Ao ganhar as ruas, eles tratam de aproveitar os últimos momentos no solo maravilhoso da benquista Caraíbas, apelidada sugestivamente de Carabais no livro "Encontro entre dois mundos" e em "Forças opostas o mistério da gruta". O motivo da troca de nome era a preservação deste local mágico, cercado de beleza, mas agora isto não era tão importante. "Eu sou" na pessoa do Aldivan Teixeira Tôrres estava pronto para revelar-se.

Eles percorrem o centro, dobram a esquerda e seguem na última rua em direção à estrada asfaltada que os levariam de volta às margens da rodovia BR 232.Quando estão a uma distância segura e sem testemunhas, Rafaela toma a palavra:

"Estou pronta! Toque-me, filho de Deus!

Aldivan não respondeu. Enquanto os outros esperavam estáticos sua reação o mesmo aproxima-se de sua primeira apóstola e carinhosamente a abraça. Após, afasta-se, concentra-se e retorna estirando o braço que acaba por tocar a ponta de seu cabelo. Neste instante, a terra treme, a escuridão do entendimento atinge a todos e então ele tem acesso a mais uma parte da história da querida amiga:

"Rafaela permaneceu adiante com sua vida pós fracasso vestibular. Desistiu temporariamente de cursar uma faculdade diante das dificuldades e concentrou-se nos trabalhos de casa e nos atos da vida social esporádicas. Sem perceber, era aí que morava o perigo. Numa dessas saídas, conheceu

o Marciano Fonseca, um jovem de 40 anos e que se declarava solteiro. Iniciou-se um relacionamento, idas e vindas na casa da mesma. Com um tempo, o relacionamento se solidificou, eles tiveram a primeira transa e então Rafaela exigiu conhecer sua família e que eles firmassem compromisso sério. A partir deste momento, tudo mudou. Marciano Fonseca praticamente desapareceu e nas vezes que aparecia, dava desculpas esfarrapadas com relação às pretensões da namorada. Inconformada, Rafaela desconfiou e o pressionava cada vez mais. Foi aí que ele explodiu e contou tudo, era um homem casado e com filhos e que não poderia firmar compromisso. No máximo, seriam amantes. Resultado: Rafaela decidiu terminar com tudo. Os dois então se separaram e enquanto Marciano Fonseca foi cuidar de sua família, Rafaela começou uma fossa profunda resultando na terceira e mais grave crise depressiva que tivera. Nada fazia sentido após esta decepção profunda que sofrera. Foi aí que encontrou com este grupo encantador liderado pelo vidente o qual prometera ajuda. Início de uma nova história".

O vidente retira a mão e abrindo um sorriso exclama:

"Vamos, irmãos! Não há lugar mais para tristeza. O que passou, passou. Prometo agora um grande empenho em vossas causas. Acompanhem-me até o destino, apóstola e amigos.

Ninguém diz nada, o vidente começa a andar novamente e então todos instintivamente obedecem e o seguem. Começam a descer a curva de caraíbas e como é de manhã o sol não é tão forte.

Revisitando paisagens conhecidas, tocando com a ponta dos pés aquele lugar encantador, eles seguem em frente nas curvas do destino. Os 1,5 km (Um quilômetro e meio) de percurso parecem pouca coisa diante de sua disposição. E assim concluem o trajeto em vinte minutos.

Às margens da rodovia, esperam alguma lotação passar. Por sorte, passa um carro rápido, eles embarcam e em questão de minutos já estão no centro de Mimoso. Eles descem da lotação, pagam a passagem e despedem-se dos demais. Agora, uma nova história apresentava-se.

O grupo avança, percorre a Praça Joaquim de Brito, dobra a direita, segue em frente e tem acesso ao centro. Do lado direito, percorrem algumas e quando chegam na de número vinte, param. Diante da porta, começam a bater. Em instantes, a porta é aberta. De dentro da casa, surge uma jovem alta, loira, bonita, corpo normal, usando óculos escuros, boné, sandália social, bermuda branca, blusa de malha e calcinha azul aparecendo por conta da roupa transparente. Abrindo um sorriso cativante, ela começa a se comunicar.

"Meu Deus! O vidente, seu parceiro Renato e sua turma em minha casa! Que honra! Em que posso ajudar?

"Oi, Bernadete Souza! Tudo bom? Eu e meus amigos pedimos licença para conversar com você um pouco. Soube que você não tem estado bem. (O vidente)

"Obrigada. Entrem, por favor!

A anfitriã adentra na residência e os visitantes a acompanham. Com seis cômodos (Dois Quartos, sala, banheiro, cozinha, área de serviço) era uma típica casa média. Eles acomodam-se na sala de visitas, onde estão distribuídos uma poltrona, uma estante, um centro e uma mesinha. A decoração é composta por quadros, cortina, estatuetas milimetricamente distribuídas no espaço disponível.

Com um pouco de esforço, cabem todos na acolchoada, mas simples poltrona. A conversa é então iniciada:

"E você, Aldivan? Não me apresenta seus novos amigos? (Bernadete)

"Sim, claro. Desculpe-me. Esta é Rafaela Ferreira, uma amiga de Arcoverde, Estes dois outros se chamam Rafael e Uriel-Disse apontando respectivamente para cada um deles. (O filho de Deus)

"Muito prazer. Sejam todos bem vindos. (Bernadete)

"Obrigado (Os outros concomitantemente)

"Como você está? (O vidente)

"Você sabe. Eu não estou ainda recuperada. Tudo é muito recente. (Bernadete)

"O que aconteceu? Qual é o problema dela, mestre? (Rafaela)

"Bernadete Souza foi vítima de estupro. Como consequência, engravidou e devido à pressão dos seus pais que queriam vê-la casada e virgem, saiu de casa e abortou. Isto foi há três dias. (O filho de Deus)

"Lamento. (Rafaela)

"Obrigada. (Bernadete)

"Viemos aqui convidá-la para uma viagem com destino ainda incerto. Aceita? (Rafael)

"Mas qual o objetivo? (Bernadete)

"Mostrar Deus a você. (Uriel)

"Eu não sei. Deus parece ter esquecido de mim pois permitiu que aquele brutamontes me violentasse. Desde então, minha vida virou um inferno e eu não merecia-Disse a amargurada Bernadete.

"Não repita isso! Meu pai nunca permite que coisas ruins aconteçam! Não se pode responsabilizar a Deus por atos de uma parte da humanidade que é transviada. Eu vi, eu estava lá, no começo de tudo. Deus firmou um contrato com o universo, de que não interferiria em qualquer acontecimento. Isto é consequência do livre arbítrio" Explicou o filho de Deus.

"Então eu responsabilizo a quem? Ao destino? Explique-me, por favor. (Bernadete)

"O destino também é uma força criadora. Também não podemos responsabilizá-la pois nós somos responsáveis, em grande parte, por nossa felicidade. (O vidente)

"Então não sei o que dizer. (Bernadete)

"Foi uma fatalidade. Ela deve ser superada para que você prossiga com sua vida de cabeça erguida. (Rafael)

"Quanto ao aborto, eu a compreendo. (Renato)

"É mesmo, Renato? Não é isso o que a maioria das pessoas fazem. Já fui julgada e condenada por elas. (Bernadete)

"Eu sei. Mas eu não sou igual a todo mundo. (Renato)

"Que bom. Obrigada. (Bernadete)

"O que nos diz, filho de Deus? (Uriel)

"A vida para mim e meu pai é sagrada, independente da situação que for. Mas fui enviado aqui para dizer que não a condeno. Eu estou aqui para chamá-la para o meu seio e cobrir as trevas do seu pecado com minha luz e a do meu pai, aceita? (O vidente)

"Sim, eu não sei como, mas preciso de você, de sua pessoa. As suas palavras me enchem de esperança e de perspectivas. O que devo fazer? (Bernadete)

"Junte-se a Rafaela e seja também, minha apóstola. De quebra, fazemos uma viagem divertida e enriquecedora por este mundo. Tudo bem para você? (O vidente)

Bernadete pensa por alguns momentos. Ultimamente, sua vida resumia-se ao trabalho como funcionária municipal e à sua dor particular. Tudo parecia perdido até este momento. Faria mal aceitar a proposta? Não sabia, mas pelo pouco que conhecia do Aldivan ele era confiável, um símbolo de persistência, garra e luta. Não tinha mais dúvidas.

"Eu quero! Parece até loucura, mas acho que é minha única chance. Quando partimos? (Rafaela)

"Agora mesmo. (O filho de Deus)

"Espere um instante. É só o tempo de tomar um banho e arrumar as malas. (Bernadete)

"Ok. (Aldivan)

Bernadete afasta-se e vai cuidar dos preparativos para a viagem. Enquanto isto, a conversa continua animada na sala envolvendo outros assuntos. Um tempo depois, a anfitriã retorna à sala e como está tudo pronto, eles partem. Ultrapassam a porta, ela é fechada e eles voltam novamente as ruas.

Já fora, percorrem o centro, dobram a esquina novamente e dirigem-se à pequena capela de São Sebastião. Chegando lá, promovem uma parada. O vidente aproveita para se manifestar:

"Lembra, Renato? Foi aqui mesmo que se iniciaram nossas aventuras, numa louca viagem no tempo. Tive uma experiência no deserto, enfrentei fantasmas e homens endemoninhados, lutei na batalha final e sobrevivi. Vejam! Nada é impossível aos que creem em Deus.

"Lembro sim, parceiro. Eu era apenas uma criança naquela época e com minha ajuda, equilibramos as forças opostas, solucionamos injustiças e ajudamos alguém a se encontrar. Foi incrível! (Renato)

"E eu me lembro agora, do nosso encontro em Arcoverde. Que bom foi ter aceitado vosso convite. A cada momento, sinto-me melhor e mais esperançosa. (Rafaela Ferreira)

"Eu estava diante de Deus pai pedindo pelo sucesso de ambos-Revelou Rafael.

"E eu fui o anjo que os ajudou na batalha final. (Uriel Ikiriri)

"Nossa! Nem desconfiava! (O vidente)

"Sim. Naquele momento, tudo tinha que ficar em segredo, para seu próprio bem. (Uriel)

"Mistérios do universo! (Exclamou Renato)

"E como é! (O vidente)

"Eu também quero fazer parte de sua vida! Estou atormentada pelas circunstâncias e só tenho você para recorrer. Ajuda-me, filho de Deus! (Suplicou Bernadete)

Aldivan emociona-se novamente. Diante dele, estava mais uma mulher sofrida, atingida pelas circunstâncias e pela maldade humana. Sabia bem o que era isso. Inúmeras vezes, fora violentado corporalmente e espiritualmente pela escória humana. Apesar de tudo, perdoara as infâmias e as ofensas mesmo que eles não merecessem. Como seu irmão e seu pai, amava a todos, amigos e inimigos. *Pois se amas só a seus amigos, que galardão teria? Os pagãos também não fazem isso? "Sejais perfeitos como seu pai e filhos, que dão sol e chuva para bons e maus, indistintamente".*

Munido deste sentimento, ele aproxima-se da moça, abre um sorriso, estica o braço e delicadamente toca a ponta dos dedos em seu rosto. Naquelas curvas frágeis e bem feitas, pode ver um pouco do interior daquela criatura numa visão rápida:

"Era uma noite clara, calma e pouco movimentada no querido povoado de Mimoso em meados de novembro de 2014.Bernadete acabara de sair da missa, e como era a única católica da família seguiu sozinha. Com destino inicial a sua casa, foi interceptada por um estranho que pediu orientações de como chegar à casa da prima detrás do arruado. Tentando ser gentil, ela explicou detalhadamente a forma de chegar lá, mas o estranho mostrou-se bem confuso. Ao final da explicação, indagou se a mesma não poderia acompanhá-lo e mostrar pessoalmente o caminho. Cheia de ingenuidade e

pena, Bernadete aceitou a proposta e então se dirigiu com ele à rua de detrás. Eles andaram o centro, dobram a rua sentido sul, e no primeiro momento a sós o homem a agarrou, fechou sua boca com esparadrapo para que não gritasse e terminou levando-a para um terreno baldio. Lá, usando de violência, manteve relações sexuais com ela. Ao final, espancou-a e a ameaçou de morte caso fosse denunciado. Após, sumiu em direção à pista para que não pudesse ser alcançado e localizado. Começava aí o desespero de Bernadete. Agora, estava desonrada e marcada para um sempre por um estranho que em sua opinião, era um enviado do diabo. Contudo, o pior ainda estava por vir".

O vidente retira a mão em choque. Que coisa! Isto era mais um exemplo de onde já alcançara a maldade humana. Se não fossem suas constantes súplicas, certamente o mundo e a humanidade já teriam sido extintos.

Cheio de compaixão, ele abraça a apóstola, afasta-se um pouco e diz:

"Eu posso ver! O que tenho para dizer que ao meu lado nada te acontecerá. Meu pai prometei a mim e a meus seguidores a felicidade, o sucesso e a segurança.

"E como faço? Como atingir este nível de segurança? ((Bernadete Sousa)

Aldivan volta-se para ela e para os demais. Cheio do espírito santo, toma a palavra:

"Vocês devem rezar assim: "Eterno pai, Senhor dos exércitos espirituais e pai, Senhor vos peço a paz, a tranquilidade, a alegria, a felicidade e vossa proteção na terra. Eu peço que onde quer que eu vá, meus pés caminhem para o sucesso, a bem aventurança e a santidade. Livra-me dos malfeitores, dos caluniadores, dos sequestros, dos matadores de aluguel, das balas perdidas, dos estelionatários e de qualquer tipo de criminoso. Livra-me das forças espirituais opostas à minha a exemplo dos demônios, das feras espirituais, das potestades espirituais e de todas as suas artimanhas como magia negra, trabalhos, encantamentos e feitiçaria. Que as portas infernais não se aproximem, não me derrotem nem prevaleçam na minha vida. Enfim, que

nada de mal me aconteça, nem a minha família nem a todos que me acompanham. Eu te peço pelos merecimentos da cruz, das sete mil virgens, dos espíritos puros, dos anjos, dos escolhidos e de todas as forças benignas. Deus meu, nunca me abandones. Amém."

"Com que frequência devemos rezar? (Rafaela Ferreira)

"Todos os dias, pois os inimigos esperam à espreita por um único deslize nosso. Quando for rezar, entre em seu quarto, e carinhosamente fale com o pai. Eu prometo que quem rezar esta oração com fé convicta, nada lhe faltará e no aspecto espiritual alcançará a proteção e uma predileção especial junto à Deus. Não desanimem, irmãos. A nossa força está na oração. (O filho de Deus)

"Muito obrigada. (Bernadete Sousa)

"Não foi nada. Continuemos, Rafael? (O vidente)

"Sim, vamos-Respondeu ele.

O grupo volta a caminhar em sentido norte, rumo novamente à pista que dava acesso à rodovia BR 232.Próximo destino: Pesqueira, a terra da graça e da renda.

No caminho, encontram com conhecidos e desconhecidos e por educação, eles cumprimentam a todos. Naquele momento, tudo conspirava a favor e era necessário que eles continuassem seguindo seus próprios valores.

Como tudo em mimoso era próximo, em dez minutos, o grupo alcança a pista e por coincidência, uma lotação vaga passa exatamente naquele horário. Eles então entram no automóvel, uma besta cor cinza com quinze lugares.

Com tudo pronto, a viagem é retomada. Viajando na pista, eles têm a oportunidade de contemplar a natureza agreste, passando pelas localidades de novo cajueiro, riacho fundo e Ipanema. Ultrapassando este ponto, restavam ainda catorze quilômetros a serem percorridos.

Enquanto o carro vai avançando, eles aproveitam e tentam distrair-se da melhor forma possível. Entre as principais, conversam, leem livros, admiram a paisagem e observam os demais, alternadamente.

E assim o tempo passa sem ao menos eles perceberem. Chegando em

Pesqueira, os carros os deixam no centro, em frente à catedral de Santa Àgueda. Daí eles partem em direção à lotação de Cimbres, que ficava algumas quadras dali próximo à rodoviária local.

Ziguezagueando nas ruas, fazendo paradas estratégicas, a equipe do vidente chamava atenção por onde passava. Juntos, eles davam a entender que era um só corpo em busca da realização mútua. Além de estarem protegidos contra eventuais ataques. Que bandido se arriscaria a enfrentá-los? Mesmo desarmados, eles sabiam bem defender-se.

O tempo fica mais quente. Eles apressam o passo, encurtando a distância que ainda os separava do destino. Cada segundo era importante na vida daqueles que tinham pressa de vencer e serem felizes.

Foi assim que sem maiores contratempos, eles chegam à lotação. Eram exatamente 10:00 Horas e eles tem que esperar um pouco até completar os passageiros, os quais eram sete. Quando se completa, eles entram na lotação, uma van cor verde, com vidros laterais quebrados e iniciam a viagem.

Passam pelo centro, sobem pelo bairro caixa d'água e pegam uma estrada asfaltada, mas precária. Enfrentando uma ladeira íngreme, pista estreita e curvas sinuosas, a van chega no topo da serra e pega a parte de planície. Isto gera um alívio em todos.

Agora faltava pouco. Os treze quilômetros restantes começam a ser percorridos diante duma pista quase sem movimento, por estarmos no início do ano de 2015, mês de janeiro. Num instante, nubla, nuvens escuras preenchem o céu, mas é só um alarme falso. A seca que durava já quase três anos prometia perpetuar-se por mais tempo, o que era uma lástima para todos.

Um pouco mais à frente, mais curvas e que são cumpridas com facilidade pelo motorista experiente chamado Toledo. Nada parecia agora amedrontá-los a não ser seus próprios medos internos.

Quinze minutos depois, eles concluem o trajeto e o carro os deixa no centro da vila, as margens da praça e respectivamente em frente da Igreja de Nossa senhora das montanhas. Ao descer, eles pagam a passagem, despedem-se e começam a andar. Consequentemente, novas perspectivas surgiam.

A vila de Cimbres era um local histórico, um dos primeiros a serem descobertos pelos portugueses em suas andanças pelo interior do estado de Pernambuco. Não tinha se desenvolvido pelas dificuldades de locomoção imposta pela Serra, mas já fora sede dum senado de Câmara cuja influência estendia-se por todo o interior, por parte da Bahia, Paraíba e Alagoas.

Qual seria o motivo do vidente trazê-los ali? Um local que atualmente era área indígena, pertencente à nação xucuru, após longos anos de luta e sangue com os latifundiários locais. A resposta: Ninguém sabia.

O vidente segue pela rua principal da vila e seus amigos o acompanham sem perguntas. Fazem isso por respeito a ele e pela segurança que transmitia com suas palavras, carinho, tratamento e pelo seu aspecto. Parecia que aquele homem sabia o momento certo para cada coisa, ajustando-as perfeitamente. Nisto residia sua sabedoria, inteligência, dignidade, delicadeza e seu valor como filho de Deus. Algo realmente indiscutível.

Eles atravessam toda a vila e se aproximam do cemitério local. A cada passo dado, o filho de Deus mostra-se nervoso e irrequieto. O que ele pretendia? Seja o que fosse, era algo realmente importante para que tivesse dado o trabalho de chegar até ali, um local inóspito e assustador.

Eles chegam em frente ao local e como era dia, estava aberto a visitações. Adentram no recinto dos mortos, caminham entre as tumbas e param diante de uma delas. Neste instante, lágrimas teimosas escorrem pelo rosto do filho de Deus e todos se emocionam. Ele então entra em contato:

"Eu trouxe vocês aqui por um motivo: Para mostrar minha glória e minha humanidade. Antes de ser filho de Deus, eu sou um humano e como qualquer um carrego minhas dores e sofrimentos. Estamos diante da cova de meu pai, falecido quando eu tinha apenas quinze anos. Mesmo que ele tenha sido um pai distante, rígido, e às vezes insensível, tenho que reconhecer que o mesmo era trabalhador, honesto e cumpridor de suas obrigações. Eu fui o único filho que ele permitiu estudar e através do meu esforço eu me considero um grande homem. Tenho absoluta certeza que ele viu meu sucesso e por isso não permitiu o meu trabalho como agricultor. Ainda bem! Que ele esteja em um bom lugar. (O filho de Deus)

"Ele está e por causa de sua ajuda. Suas súplicas insistentes e seu dia de voto amenizaram suas dores e sofrimento. Hoje ele está em paz. (Rafael)

"Javé Deus te ama muito e é capaz de tudo por você. (Completou Uriel)

"Sim, eu sei disso. O seu favor me acompanha sempre. (O filho de Deus)

"Eu também sofri, mestre. A separação daquele que considerava meu amor foi igual a uma morte. (Rafaela Ferreira)

"A minha maior dor foi a perda do meu filho. Fui obrigada pelas circunstâncias a retirá-lo. Mas não foi nada fácil. (Bernadete Sousa)

"E minha dor foi viver a perda da minha mãe e o fato de descobrir que meu pai era um crápula. Hoje minha família resume-se a Deus pai, a guardiã e a vocês. (Renato)

"Eu sei disso, meus irmãos! O que ofereço através do poder de Javé, meu pai, é a proteção, o alívio e a perspectiva de uma nova vida. Eu não ofereço uma utopia. Eu sei que tem sofrimentos os quais nunca se esquece mesmo com o passar do tempo. (Aldivan)

"Então me toque, filho de Deus! Viaje na minha história-Pediu Bernadete Sousa.

O filho de Deus sorri e enxuga as lágrimas. Era o convite que esperava a fim de agir. Com um sinal, chama a apóstola, ela se coloca ao seu lado e encostando-se na lápide do seu pai, a toca próximo aos seus seios, uma segunda vez. A visão então surge instantaneamente na sua mente pura e sagrada:

"Bernadete retomou a sua vida normal em seu trabalho como funcionária pública municipal, em suas relações sociais e familiares. No entanto, em aproximadamente um mês começou a desconfiar que algo em seu organismo não estava bem: Suas regras menstruais atrasaram, ela começou a sentir-se indisposta e sempre estava com enjoos. Sua mãe, Com um pouco de experiência que tinha, desconfiou da gravidez e pediu para a filha para

comprar um teste. Elas então escolheram um dia em que estavam livres de obrigações e foram à cidade comprar pois no povoado não havia farmácia. Chegando lá, pegaram o teste, resolveram outras coisas na cidade e mais tarde retornaram para casa. Em sua residência, Bernadete então entrou em seu quarto e seguindo as instruções, realizou o teste e ao final deu como resultado positivo. A jovem quase cai para trás! Em um misto de revolta e inconformidade, amaldiçoou o homem que a violentou por tê-la colocado em tão maus lençóis. E agora? O que faria de sua vida? Após sair do quarto, contou tudo a mãe e mesmo inicialmente sendo compreensiva ela lhe pediu explicações. Cheia de medo, a jovem decidiu abrir-se e relatou o ocorrido. Em seguida, a reação dela não foi das melhores. Chamou-a de inconsequente por ter dado ouvidos a um estranho e que agora ela era a vergonha da família. Concluiu dizendo que guardaria o segredo por um tempo e que a melhor solução para todos era o aborto. Em resposta, Bernadete esperneou, mas a mãe não lhe deu ouvidos. Estava fora de cogitação aceitar a desonra de ter uma mãe solteira na família. Então o jeito para ela foi se render.

Um mês depois, o bebê foi retirado numa clínica particular. Um pouco antes disso, Bernadete saiu de casa e resolveu viver sua vida só. Agora ela procuraria respostas para sua dor sem fim. Será que teria direito a uma nova chance ou o perdão de Deus?"

Pelo pouco que conhecia de Aldivan, o filho de Deus, acreditava piamente que sim. Ela fora mais uma vítima das circunstâncias, do destino e dos estereótipos que davam sustento a uma falsa moral. Em nome dos bons costumes, os pobres, os negros, os homossexuais, os índios, as prostitutas, as mães solteiras e outras minorias eram desprezadas e pré julgadas até pelas pessoas mais próximas. Na verdade, o que todos eram queriam, mesmo os mais conservadores, era ter a coragem de se assumir e sair do armário e por isso preferiam criticar em vez de compreender as razões do outro."

Ao fim do toque, Aldivan afasta-se e parecendo ler sua mente diz:

"Já passou, irmã, a minha e a sua dor! Voltemos à caminhada!

"Sim, mestre! (Bernadete Sousa)

Com um sinal, o vidente chama a todos, e juntos deixam o mórbido cemitério. Neste instante, sentem fome e então seguem novamente para o centro a fim de procurar um estabelecimento que servisse comida pronta. Com um auxílio de alguns locais, é indicado o local e com poucos passos eles o localizam.

Trata-se de uma pequena lanchonete, com entrada preenchida por algumas mesas e cadeiras. Como o movimento é pequeno, eles encontram uma mesa disponível e acomodam-se ao redor dela. Pegam o cardápio disposto em cima da mesma, o avaliam por um instante e de comum acordo fazem o pedido ao atendente: Cuscuz com galinha. Agora, só restava esperar.

Enquanto esperam que preparem o pedido, a conversa rola solta.

"O que estão achando da viagem, pessoal? Eu estou adorando. (O vidente)

"Está me fazendo muito bem sair do meu mundinho e respirar novos ares. A minha doença exige isso. Muito obrigado por me convidar, Aldivan! (Rafaela Ferreira)

"De nada, fofa! (O vidente)

"Quero agradecer também. A experiência com vocês está sendo ótima. (Bernadete Sousa)

"Não tem de quê! Nós que agradecemos sua presença. (O vidente)

"Estou aprendendo cada vez mais, parceiro. Logo estarei completamente iluminado por sua alma grandiosa. (Renato)

"Você também me ensina, Renato! Eu vejo em você o jovem que eu fui há tempos atrás. Acredite, eu vejo um futuro glorioso para você. (Aldivan)

"Tomara! (Renato)

"O ciclo está continuando inexoravelmente. Ao final, o desejo de muitos corações realizar-se-á. (Rafael)

"Neste caminho, enfrentaremos obstáculos, perdas, lutas internas, os laços do destino e nossa própria mente frágil. Mas se seguirmos o fio condutor certo, temos grandes probabilidades de sucesso. (Uriel Ikiriri)

"Eu acredito, amigos. Eu já passei por situações piores e venci. Juntos, temos a força do pai Javé, que é uma legião, e certamente temos condições de triunfo. Confiem em mim! (O filho de Deus)

Todos parecem concordar. A atendente chega com o pedido e todos começam a encher seus pratos. Imediatamente, começam a alimentar-se e então a conversa esfria um pouco. Com educação, concentram-se apenas nela.

Trinta minutos depois, terminam, pedem algo para beber, e engolem rapidamente. Com um sinal, eles levantam-se, pagam as despesas e saem da lanchonete. Já fora, nas ruas do centro, enquanto caminham, o vidente retoma a conversa.

"Eu acabei de ter uma ideia. Que tal se visitarmos o santuário de Nossa senhora das Graças, que fica no sítio Guarda, próximo daqui?

"Por mim, tudo bem. O que acham, pessoal? (Renato)

"Irei aonde fores, meu amo e senhor. (Rafaela Ferreira)

"É como diz o ditado, se estamos na chuva é para se molhar. Vamos, sim! (Bernadete Sousa)

"Ótima ideia! Vamos, irmão? (Rafael)

"Sim. Está escrito! (Uriel)

"Muito bem. Vamos tentar localizar um carro para alugarmos. (O vidente)

E assim fazem. Conversando com alguns locais, eles têm a informação de um taxista da rua de detrás. Atravessam então a rua sentido sul, ultrapassam dez casa pela direita e então chegam em sua residência. Batendo duas vezes na porta principal, são atendidos pelo dito cujo que se mostra um pouco barrigudo, saliente e desengonçado, calçando um par de sandálias tipo praia, bermuda rasgada e sem camisa.

A se ver cercado de estranhos, ele então entra em contato:

"O que desejam, senhores?

"Soubemos que você é taxista. Poderia nos levar ao sítio guarda? (O vidente)

"Claro. Quanto estão dispostos a pagar? (O taxista)

"Cinquenta dólares. Está bom para você? (O vidente)

"Está bom. Esperem só um momento. Vou tirar o carro. (Taxista)

"OK. (o vidente)

Caminhando em direção à garagem do lado, o taxista que se chamava klebson Barbosa, em poucos passos, conclui o trajeto. Na garagem, entrou em seu possante, uma van preta modelo 2015, deu a partida, parou na saída, fechou a garagem e chamou seus clientes. Um a um, foram entrando no automóvel e quando tudo estava pronto, iniciaram a viagem.

A distância até o santuário que era de aproximadamente três quilômetros seria rapidamente cumprida pois a velocidade desenvolvida pelo carro era grande. Num piscar de olhos, saem da vila, pegam a estrada de terra principal e seguindo sempre em frente na direção oeste eles chegam diante do santuário incrustado na serra. O carro então para as margens do calçadão, eles descem e combinam que Klebson Barbosa ficaria os esperando, pois, a passagem seria rápida. Após, começam a subir a escadarias através do qual se acessava o topo.

Degrau a degrau, os visitantes vão subindo e a cada passo dado, uma emoção a mais. Foi aí que, no século passado, a virgem apareceu a duas inocentes crianças. Esta mesma senhora que aparecera por diversas vezes na vida do especial vidente.

Algo internamente lhe dizia que seria mais uma grande experiência a ser vivida num momento deveras importante. Estavam ali seis pessoas movidas pelos seus próprios anseios vivendo uma situação delicada. Tudo se resumia na esperança prometida pelo filho de Deus e isso faz com que eles avancem ainda mais. Concluem um quarto, a metade e já se aproximam do fim do trajeto.

Um tempo depois, eles finalmente completam a subida e se acomodam diante do santuário. Enquanto uns rezam, outros admiram a beleza da serra. Emocionado, o vidente entra em contato:

"Meus irmãos, estamos em um local sagrado. Aqui reside as graças de Maria, mãe de Jesus. Através desta bem aventurada mulher, posso dizer que fiquei curado e abençoado por Deus. Maria é exemplo de coragem, garra e fé para os cristãos e todas as denominações. Que bom tê-la como amiga, Maria. (O vidente)

"Como é Maria? (Renato)

"Uma ternura de pessoa. Compreensiva, educada e respeitadora. Além disso, bastante humilde apesar de sua grandeza. (O vidente)

"Que massa! Queria também conhecê-la. (Renato)

"Eu também. (Renata Ferreira)

"Idem. (Bernadete Sousa)

"Vocês a conhecem, irmãos. Maria está presente em cada mulher simples e sofredora desse imenso nordeste através do fenômeno da comunhão. (Aldivan)

"Isto mesmo. A cada boa ação, ela se acha mais presente na vida particular das mulheres. (Rafael)

"Apesar de não ser uma Deusa, ela é um exemplo de conduta para todos. (Completou Uriel)

O vidente abaixa a cabeça e pronuncia uma oração particular. Um instante depois, estica o braço e toca na imagem colocada na gruta da montanha. Tem então uma leve visão particular. Após, retira o braço e retoma o contato com os amigos:

"Quão grande é Deus, nosso pai! Eleva o humilde, o pobre e o discriminado. Ele prefere buscar o pecador pois são aqueles que precisam de socorro. Em nosso reino, não haverá dor, sofrimento, injustiças ou qualquer desigualdade. Todos adorarão o pai e os filhos no monte Sião. (O filho de Deus)

"Amém! (Bernadete Sousa)

"Glória! (Uriel)

"O que faremos agora, mestre? (Rafaela Ferreira)

"Voltemos ao povoado. O tempo urge. (Aldivan)

"Ok. (Renato)

"Vamos! (Rafael)

Os integrantes do grupo começam a descer as escadarias do santuário. No momento atual, o clima é de paz e tranquilidade apesar de toda a expectativa envolvida na aventura. O que os esperava? Alcançariam o objetivo final? As respostas só seriam encontradas no decorrer dos acontecimentos e era algo para não se preocupar agora. Como Jesus ensinou, a cada dia sua preocupação respectiva. O que tiver de ser, será.

No caminho, aproveitam para se encantar com a beleza do local, uma Europa desconhecida localizada no interior do nordeste Brasileiro.Com seus cactos, pedras, serras íngremes, vegetação rala típica da caatinga, espinhos, e seu povo simpático formavam uma união de elementos única, digna de admiração. Um pouco do Brasil, o qual é gigante pela própria natureza.

Ao final das escadarias, descansam um pouco. Quando estão prontos, um a um vão entrando no automóvel que se encontra estacionado ao lado. Com todos dentro, é dada a partida sendo que o automóvel desenvolve novamente uma boa velocidade.

Ultrapassando locais já conhecidos, dentre serras, árvores à beira da estrada e com pessoas e automóveis transitando, eles chegam em paz no povoado. Como já eram quase duas horas da tarde, eles falam com o taxista e o contratam para levá-los até a Pesqueira, onde pernoitariam.

Assim, saem do povoado, pegam a estrada asfaltada e começam a descer a perigosa serra. Enquanto Klebson esforça-se para acompanhar a sinuosidade da estrada, os passageiros do carro tentam entreter-se da melhor forma possível, entre conversas, escuta de música, leitura de livros e até no silêncio aprendiam. O grupo formado por duas mulheres, dois anjos e dois homens, já tinha entrosamento e intimidade suficientes para entender um ao outro apesar de cada um ser um mundo específico.

Um dos objetivos, a comunhão, estava caminhando muito bem, fruto dos esforços e da dedicação deles. Restava continuar a viagem, encontrar novas pessoas carentes de ajuda e transformar suas vidas. Como o vidente ensinava, tudo era possível para aqueles que creem em Deus e ninguém era um caso perdido, bastava acreditar em seu nome, no do seu pai, e as trevas do entendimento seriam iluminadas pela sua luz grandiosa.

Tudo se encaminhava para a solução de ideias. Avançando numa boa velocidade, eles vão cumprindo as etapas físicas uma a uma, passando por pontos específicos. A dificuldade imposta por uma pista estreita e por uma eventual surpresa no caminho, é recompensada pela fé e dedicação à causa por parte de todos. Estavam de parabéns.

Exatamente vinte minutos depois da saída da vila histórica, já se encontram no monte do Ororubá, de onde se avista a aglomeração de casas de Pesqueira. Pesqueira, terra amada, cidade da renda, da indústria e da graça, a qual abençoa seus filhos. Junto com Arcoverde, eram as casas preferidas pelo filho de Deus, pois era onde tudo tinha começado.

Agora faltava pouco para chegar na sede e estes últimos minutos são decisivos na vida de todos. Eles puxam conversa com o motorista, num tom de despedida. Klebson Barbosa já marcara a vida de todos embora seu papel seja subalterno. Isto acontecia porque o filho de Deus e seus amigos não faziam diferenciação entre as pessoas. Assim como Javé, estavam abertos a fazer amizade e aceitar qualquer um.

Foi assim que num misto de harmonia e cumplicidade, eles chegam ao centro da sede municipal. Gentil, Kleber Barbosa os deixa na porta da pousada, eles despedem-se, pagam o frete, e finalmente descem do carro.

Carregando suas próprias malas, vão adentrando no estabelecimento, fazem uma fila na recepção e após o cadastro, dirigem-se aos quartos. Na pousada raio de sol, descansariam o restante da tarde e combinam de encontrar-se á noite. Isto era extremamente necessário pois o cansaço tornara-se percebível em seus corpos e mentes frágeis. Até a noite.

A tarde passa rápido. Próximo das 18:00 Horas, eles acordam quase simultaneamente e um a um dirigem-se à copa do estabelecimento. Com poucos passos, eles encontram-se lá, entram na fila do autosserviço, vão enchendo os pratos e quando está tudo pronto, procuram um local tranquilo para sentar-se e degustar a comida. Como o movimento estava fraco, conseguem o local perfeito na segunda mesa do lado direito.

Começam a alimentar-se. No intervalo entre uma colherada e outra, interagem entre si, aumentando a empatia entre eles. Naquele exato momento, viviam um divisor de águas, onde tudo estava indefinido ainda. Utilizando os elementos certos, era bem provável que chegassem uma solução definitiva para todos. Contudo, ainda havia um longo caminho a trilhar.

Ao final de vinte e cinco minutos, concluem o jantar e juntos dirigem-se à sala de entrada da pousada. Chegando no local, brincam, assistem TV, escutam música, soltam puns e fazem amizade com outros hóspedes. Nestes exercícios, passam cerca de quatro horas. Mais tarde, despedem-se e dirigem-se aos seus quartos respectivos onde tentariam dormir. Era mais uma etapa cumprida e a final.

Fim